Selma Lagerlöf

Christus Legenden

e-artnow 2018

 Alexandre Dumas
Die Gräfin Charny

 Franz Werfel
Der Abituriententag

 Franz Werfel
Der veruntreute Himmel

 Theodor Fontane
Unwiederbringlich

 Selma Lagerlöf
Die wunderbare Reise des kleinen Nils Holgersson mit den Wildgänsen
(Weihnachtsausgabe)

Theodor Fontane
Stine

Adalbert Stifter
Der Nachsommer (Ein Bildungsroman)

Selma Lagerlöf
Gösta Berling: Die Abenteuer der Kavaliere auf Ekeby

Theodor Fontane
Cécile

Selma Lagerlöf
Liljecronas Heimat

Selma Lagerlöf

Christus Legenden

e-artnow, 2018
Kontakt: info@e-artnow.org

ISBN 978-80-273-1294-8

Inhaltsverzeichnis

Die heilige Nacht

Als ich fünf Jahre alt war, hatte ich einen großen Kummer. Ich weiß kaum, ob ich seither einen schwereren erlitten habe.

Es war damals, als meine Großmutter starb. Tag für Tag hatte sie bis dahin in ihrem Zimmer auf dem Ecksofa gesessen und Märchen erzählt.

Ich kann es mir gar nicht anders vorstellen, als daß Großmutter dasaß und vom Morgen bis zum Abend erzählte und erzählte, während wir Kinder ganz still neben ihr saßen und lauschten. Es war ein herrliches Leben. Und es gab keine Kinder, die es so schön hatten wie wir. Sonst weiß ich nicht mehr viel von meiner Großmutter. Ich entsinne mich nur, daß sie schönes, schlohweißes Haar hatte, daß sie mit tiefgebeugtem Rücken einherging, und daß sie immer dasaß und an einem Strumpf strickte.

Auch entsinne ich mich, daß sie immer, wenn sie ein Märchen erzählt hatte, ihre Hand auf meinen Kopf legte und dabei sagte: »Und all dies ist so wahr, wie ich Dich sehe und wie Du mich siehst.«

Dabei fällt mir auch noch ein, daß sie Lieder singen konnte. Das tat sie jedoch nicht alle Tage. Eine dieser Volksweisen handelte von einem Ritter und einem Meerweib, und der Kehrreim lautete: »Es stürmt der Wind so eisig kalt auf Meereswellen hin.«

Und dann erinnere ich mich auch noch eines kleinen Gebetes, das sie mich lehrte, und ein Psalmenvers kommt mir in den Sinn. An all die schönen Märchen, die sie mir erzählte, habe ich nur eine schwache, verworrene Erinnerung. Nur einer einzigen Geschichte entsinne ich mich so gut, daß ich sie nacherzählen könnte. Es ist eine kleine Geschichte von Jesu Geburt.

Seht, das ist nun fast alles, was ich noch von meiner Großmutter weiß, ausgenommen das eine, dessen ich mich am besten entsinne, und das war die schmerzliche Sehnsucht, die ich empfand, als sie von uns gegangen war. Ich erinnere mich noch jenes Morgens, an dem das Ecksofa plötzlich leer dastand, und wie unbegreiflich es uns erschien, daß die Stunden jenes Tages ein Ende nehmen könnten. Dessen entsinne ich mich. Das werde ich *niemals* vergessen.

Und ich erinnere mich, daß wir Kinder hereingeführt wurden, um die Hand der Toten zu küssen. Wir fürchteten uns davor, aber da sagte uns jemand, es sei das letzte Mal, daß wir Großmutter für alle Freude danken könnten, die sie uns gespendet hatte.

Und ich erinnere mich, wie Märchen und Lieder, in einem langen, schwarzen Sarge verpackt, vom Gutshof wegführen und niemals zurückkehrten.

Ich erinnere mich, daß uns damals etwas aus dem Leben unwiederbringlich entschwunden war. Es war, als hätte sich die Pforte einer ganzen herrlichen Zauberwelt geschlossen, in der wir zuvor frei ein-und ausgehen konnten. Und nun war niemand mehr, der sich darauf verstand, diese Pforte zu öffnen.

Ich erinnere mich, daß wir Kinder ganz allmählich lernten, mit Puppen und Spielzeug zu spielen und wie andere Kinder zu leben – und das mochte wohl so aussehen, als entbehrten wir Großmutter gar nicht mehr, oder als erinnerten wir uns ihrer nicht.

Aber noch heutigen Tages, nach vierzig Jahren, wie ich nun dasitze und diese Legenden über Christus sammle, die ich im fernen Morgenlande vernommen habe, ersteht in meinem Inneren die kleine Geschichte von Jesu Geburt, die meine Großmutter zu erzählen pflegte. Und ich verspüre Lust, sie noch einmal zu erzählen und in meine Legendensammlung aufzunehmen.

Es war ein Weihnachtstag, an dem alle, außer Großmutter und mir, zur Kirche gefahren waren. Ich glaube, daß wir im ganzen Hause allein waren. Wir hatten nicht mitfahren können, weil die eine zu jung und die andere zu alt war. Und wir waren beide ganz traurig darüber, daß wir nicht zur Frühmette fahren und die Weihnachtskerzen nicht sehen konnten. Als wir aber so in unserer Einsamkeit dasaßen, begann Großmutter zu erzählen:

»Es war einmal ein Mann, der in die dunkle Nacht hinausging, um sich etwas Feuersglut zu holen. Er ging von Hütte zu Hütte und klopfte an jede Tür, ›Helft mir, Ihr lieben Leute!‹ sagte er. ›Mein Weib ist eben eines Kindleins genesen, und ich muß Feuer anzünden, um sie und das Kindlein zu erwärmen.‹

Aber es war tiefe Nacht, so daß alle Menschen fest schliefen. Niemand antwortete ihm.

Der Mann ging immer weiter. Schließlich gewahrte er in weiter Ferne einen hellen Feuerschein. Er wanderte in dieser Richtung fort und sah, daß das Feuer im Freien brannte. Eine Menge weißer Schafe lagerte schlafend ringsumher, und ein alter Hirt saß daneben und bewachte die Herde.

Als der Mann, der das Feuer holen wollte, die Schafe erreicht hatte, sah er, daß drei große Hunde schlafend zu des Hirten Füßen lagen. Bei seinem Kommen erwachten sie alle drei und sperrten ihre weiten Rachen auf, als ob sie bellen wollten, man vernahm jedoch keinen Laut. Der Mann sah, daß sich die Haare auf ihrem Rücken sträubten, er sah, daß ihre spitzen Zähne im Feuerschein weißleuchtend aufblitzten, und er sah auch, daß sie auf ihn zustürzten. Er fühlte, daß einer ihn ins Bein biß, der zweite nach seiner Hand schnappte und der dritte ihm an die Kehle sprang. Aber die Kinnladen und die Zähne, mit denen die Hunde ihn beißen wollten, gehorchten nicht, und der Mann erlitt nicht den geringsten Schaden.

Nun wollte er vorwärts gehen, um zu holen, was er brauchte. Aber die Schafe lagen Rücken an Rücken so dicht gedrängt, daß er nicht vorwärts kam. Und der Mann schritt über die Rücken der Tiere zum Feuer hin. Aber keines erwachte oder bewegte sich.«

Bis dahin hatte Großmutter ungestört erzählen können, länger jedoch vermochte ich nicht an mich zu halten, ohne sie zu unterbrechen. »Weshalb taten sie es nicht, Großmutter?« fragte ich. »Das wirst Du bald erfahren,« sagte Großmutter und erzählte weiter.

»Als der Mann schon beim Feuer angelangt war, blickte der Hirt auf. Er war ein alter, heftiger Mann, unfreundlich und hart gegen alle Menschen. Als er nun einen Fremden nahen sah, griff er nach einem langen, spitzen Stabe, den er in der Hand zu halten pflegte, wenn er seine Herde weiden ließ, und schleuderte ihn nach dem Manne. Der Stab flog sausend gerade auf ihn zu, aber ehe er ihn treffen konnte, wich er zur Seite und flog an ihm vorbei ins Feld hinaus.«

Als Großmutter so weit gekommen war, unterbrach ich sie nochmals. »Großmutter, warum wollte der Stecken den Mann nicht treffen?« Aber Großmutter kümmerte sich um meine Frage gar nicht, sondern fuhr in ihrer Erzählung fort.

»Nun kam der Mann auf den Hirten zu und sprach zu ihm: ›Lieber, hilf mir und laß mich etwas von Deiner Feuerglut nehmen! Mein Weib ist eben eines Kindleins genesen, und ich muß Feuer anzünden, um sie und das Kindlein zu erwärmen.‹

Der Hirt hätte es ihm am liebsten abgeschlagen, aber er dachte daran, daß seine Hunde diesem Manne keinen Schaden hatten zufügen können, daß die Schafe nicht vor ihm davongelaufen waren, und daß sein Stab ihn nicht hatte hinstrecken wollen. Da wurde ihm etwas bänglich zumute, und er wagte nicht, ihm die Bitte abzuschlagen. ›Nimm so viel Du brauchst!‹ sagte er zu dem Manne.

Das Feuer war jedoch fast gänzlich niedergebrannt. Weder Holzscheite noch Zweige waren vorhanden, nur ein großer Gluthaufen lag da, und der Fremde hatte weder Schaufel noch Eimer, um darin die rotglühenden Kohlen heimzutragen.

Als der Hirt dies sah, sprach er abermals: ›Nimm so viel Du brauchst!‹ Und er freute sich, daß der Mann nicht imstande sein würde, die Glut mitzunehmen.

Aber der Mann beugte sich nieder, las mit bloßen Händen die glühenden Kohlen aus der Asche und wickelte sie in seinen Mantel. Und die Kohlen versengten ihm weder Hände noch Mantel, und der Mann trug sie davon, als wären es Aepfel und Nüsse.«

Aber hier unterbrach ich die Märchenerzählerin zum drittenmal. »Großmutter, warum wollten die Kohlen den Mann nicht verbrennen?«

»Das wirst Du noch erfahren,« sagte Großmutter und erzählte weiter.

»Als jener Hirt, der ein so böser und heftiger Mensch war, all dies sah, fragte er sich selber verwundert: ›Was kann das für eine Nacht sein, da die Hunde nicht beißen, die Schafe sich nicht fürchten, der Speer nicht tötet und das Feuer nicht versengt?‹ Er rief den Fremden zurück und sprach zu ihm: ›Was ist das für eine Nacht? Und wie kommt es, daß alle Dinge Dir Barmherzigkeit zeigen?‹

Da sprach der Mann: ›Das kann ich Dir nicht sagen, wenn Du es nicht selber erkennst.‹ Und wollte seines Weges gehen, um bald ein Feuer anzuzünden und sein Weib und Kind erwärmen zu können.

Der Hirt aber dachte, er wolle den Mann nicht ganz aus dem Gesicht verlieren, ehe er erführe, was all dies zu bedeuten habe. Er stand auf und ging ihm nach, bis er dorthin kam, wo der Fremde hauste.

Da sah der Hirt, daß der Mann nicht einmal eine Hütte besaß, um darin zu wohnen, sondern sein Weib und Kind lagen in einer Felsenhöhle, die nur nackte, kalte Steinwände hatte. Und der Hirt dachte, daß das arme unschuldige Kind vielleicht in dieser Höhle erfrieren und sterben würde, und obwohl er ein hartherziger Mann war, rührte ihn dieses Elend, und er sann nach, wie er dem Kinde helfen könnte. Er löste seinen Ranzen von der Schulter und nahm daraus ein weiches, weißes Schaffell, gab es dem fremden Manne und sagte, er solle das Kindlein darauf betten.

Aber sobald er gezeigt hatte, daß auch er barmherzig sein konnte, wurden ihm die Augen geöffnet, und er sah, was er zuvor nicht wahrgenommen hatte, und hörte, was zuvor seinen Ohren verschlossen war:

Er sah, daß er inmitten einer dichten Schar kleiner, silberbeschwingter Engel stand, die einen Kreis um ihn bildeten. Und jedes Englein hielt ein Saitenspiel, und alle sangen mit jubelnder Stimme, daß in dieser Nacht der Heiland geboren sei, der die ganze Welt von ihren Sünden erlösen würde.

Da verstand er, weshalb sogar alle leblosen Dinge in dieser Nacht so froh waren, daß sie niemandem etwas zuleide tun mochten.

Und nicht nur rings um den Hirten waren Engel, überall gewahrte er sie. Sie saßen in der Felsenhöhle, und sie saßen draußen auf den Bergen, auch unter dem Himmel flogen sie hin und her. Sie kamen in großen Scharen auf den Wegen dahergewandelt, und wenn sie vorbeischritten, blieben sie stehen und warfen einen Blick auf das Kindlein in der Höhle.

Jubel und Freude, Sang und Spiel waren allüberall, und der Hirt sah es in der dunkeln Nacht, in der er sonst nichts hatte wahrnehmen können. Voll Freude, daß seine Augen geöffnet waren, sank er auf die Knie und lobete Gott.«

Und als Großmutter so weit gekommen war, seufzte sie und sprach: »Aber was der Hirt sah, das könnten wir auch sehen, denn die Engel fliegen in jeder Weihnachtsnacht unter dem Himmel einher, wenn wir sie nur zu erkennen vermögen.«

Und dann legte Großmutter ihre Hand auf meinen Scheitel und sprach: »Dessen sollst Du eingedenk sein, denn es ist so wahr, wie ich Dich sehe und Du mich siehst. Nicht auf Kerzen und Lampen kommt es an, noch auf Sonne und Mond, sondern was nottut, ist einzig und allein, daß wir die rechten Augen haben, Gottes Herrlichkeit zu sehen.«

Des Kaisers Vision

Es war zu jener Zeit, da Augustus Kaiser in Rom Herodes König in Jerusalem war.

Da geschah es, daß eine sehr bedeutsame und heilige Nacht auf die Erde sich breitete. Es war die schwärzeste Nacht, die man je gesehen hatte, man hätte glauben können, die ganze Erde sei in ein riesiges Kellergewölbe versunken. Unmöglich war es, Wasser von Land zu unterscheiden, und auf den bekanntesten Wegen konnte man sich nicht zurechtfinden. Es konnte auch gar nicht anders sein, denn kein Lichtstrahl drang vom Himmel herab. Alle Sterne waren daheim in ihren Häusern geblieben, und der freundliche Mond hatte sein Antlitz von der Erde abgewandt.

Und ebenso tief wie die Finsternis war die Stille. Die Flüsse hatten ihren Lauf gehemmt, kein Windhauch regte sich, und sogar das Espenlaub hatte aufgehört zu zittern. Wäre man zum Meere hinabgegangen, so hätte man entdeckt, daß die Wellen nicht mehr den Strand umspülten, und wäre man in die Wüste gegangen, so hätte der Sand nicht unter den Füßen geknirscht. Alles war wie versteinert und regungslos, um diese heilige Nacht nicht zu stören. Das Gras wagte nicht zu wachsen, der Tau konnte nicht fallen, und die Blumen getrauten sich nicht, Düfte auszuhauchen.

In dieser Nacht jagten die Raubtiere nicht nach Beute, die Schlangen bissen nicht, die Hunde bellten nicht. Und was noch weit herrlicher war, keines der leblosen Dinge hätte die Heiligkeit der Nacht dadurch entweihen mögen, daß es sich zu einer Uebeltat hergab. Kein Dietrich hätte ein Schloß öffnen können, und kein Messer wäre imstande gewesen, Blut zu vergießen.

In dieser Nacht nun schritt eine kleine Zahl von Menschen aus dem kaiserlichen Palast auf dem Palatin und schlug die Richtung über das Forum nach dem Kapitol ein. Die Ratsherren der Stadt hatten am jüngst verflossenen Tage den Kaiser befragt, ob er Einspruch erheben würde, wenn sie auf Roms geheiligtem Berge einen Tempel für ihn erbauen ließen. Augustus jedoch hatte seine Zustimmung nicht sogleich erteilt. Er wußte nicht, ob es den Göttern wohlgefällig sein würde, daß er einen Tempel neben ihren Altären besäße, und er hatte geantwortet, daß er zuvor seinem Schutzgeist ein nächtliches Opfer darbringen wolle, um den Willen der Götter zu erforschen. Und *er* war es, der nun, von einigen Getreuen geleitet, sich anschickte, dieses Opfer darzubringen.

Augustus ließ sich in seiner Sänfte tragen, denn er war alt, und das Ersteigen der hohen Treppen des Kapitols wäre ihm beschwerlich gefallen. Er selbst hielt das Vogelbauer mit den Opfertauben. Weder Priester noch Soldaten oder Ratsherren folgten ihm, nur seine nächsten Freunde. Die Fackelträger schritten vor ihm her, um einen Weg durch das nächtliche Dunkel zu bahnen, und hinter ihm gingen Sklaven, die den dreifüßigen Altar, die Messer, das heilige Feuer und alles andere trugen, was zur Opferung notwendig war.

Da der Kaiser unterwegs heiter mit seinen Getreuen plauderte, achtete niemand von ihnen auf die grenzenlose Verschwiegenheit und Stille dieser Nacht. Erst als sie die oberste Terrasse des Kapitols erreicht hatten, dessen leerer Platz für den neuen Tempel ausersehen worden war, wurde ihnen offenbar, daß Ungewöhnliches bevorstehe.

Diese Nacht glich keiner ihrer Schwestern, denn die Kommenden gewahrten oben am Felsenabhang eine höchst seltsame Erscheinung. Anfangs glaubten sie einen uralten, verkrüppelten Olivenbaumstamm zu erkennen, dann meinten sie, es müsse eine steinalte Statue aus dem Jupitertempel auf den Felsen hinausgewandert sein. Schließlich schien ihnen, daß jene Erscheinung nur die alte Sibylle sein könnte.

Nie hatten sie etwas so Altes, Verwittertes und Gigantisches gesehen. Diese greise Frauengestalt wirkte schreckenerregend. Wäre der Kaiser nicht dabei gewesen, so hätten sie ihr Heil in der Flucht gesucht, um zu Hause in ihre Betten zu kriechen. »Das ist jene,« flüsterten sie untereinander, »die der Jahre so viele zählt, wie es Sandkörner an der Küste ihrer Heimat gibt. Weshalb ist sie just in *dieser* Nacht aus ihrer Höhle hervorgekommen? Was verkündigt sie dem Kaiser und dem Reich, sie, die ihre Prophezeiungen auf das Laub der Bäume niederschreibt und weiß, daß der Wind ihr Orakelwort jenem zuweht, für den es bestimmt ist?«

So entsetzt waren sie, daß sie alle auf die Knie gestürzt wären und die Stirn an den Boden gepreßt hätten, hätte die Sibylle sich auch nur im geringsten bewegt. Sie aber saß da, als wäre alles Leben aus ihr entwichen. Sie kauerte am äußersten Rande des Felsens, hatte die Augen mit der Hand beschattet und spähte in die Nacht hinaus. Als hätte sie den Felsen erklommen, um etwas, das sich in weiter Ferne zutrug, schärfer beobachten zu können, saß sie dort. *Sie* konnte also in solch einer Nacht dennoch etwas erkennen.

Eben hatten der Kaiser und sein ganzes Gefolge wahrgenommen, welch tiefe Dunkelheit herrschte. Niemand konnte eine Handbreit vor sich etwas sehen. Und welche Stille, welch unergründliches Schweigen! Nicht einmal das dumpfe Murmeln des Tiber war zu vernehmen. Die Luft lastete erstickend auf den Menschen, kalte Schweißtropfen bedeckten ihre Stirn, und steif und kraftlos hingen ihre Hände herab. Sie ahnten, daß sich Grauenvolles ereignen würde.

Niemand jedoch wollte seine Angst verraten, sondern alle versicherten dem Kaiser, daß dies eine gute Vorbedeutung sei: denn die ganze Natur hielte den Atem an, um einen neuen Gott zu empfangen.

Sie mahnten Augustus, sein Opfer zu beschleunigen, und sagten, daß die alte Sibylle sicherlich, um seinen Schutzgeist zu begrüßen, aus ihrer Höhle emporgestiegen sei. Aber in Wirklichkeit war die alte Sibylle so ganz von einer Vision erfüllt, daß sie von der Ankunft des Augustus auf dem Kapitol nichts gemerkt hatte. Ihr Geist war in einem fernen Lande. Dort, so schien es ihr, wanderte sie über eine weite Ebene. In der Finsternis pochte ihr Fuß unaufhörlich gegen Hindernisse, die sie für kleine Erdhügel hielt. Sie beugte sich, mit den Händen tastend, zur Erde. Nein, es waren nicht Erdhügel, sondern Schafe. Sie wandelte zwischen großen Herden schlummernder Schafe dahin.

Jetzt gewahrte sie die Hirtenfeuer. Die brannten inmitten des Feldes, und sie suchte dorthin zu gelangen. Schlafende Hirten hatten sich um die Feuer gelagert, und neben ihnen sah man lange, spitzige Stecken am Boden, mit denen sie ihre Herden gegen die wilden Tiere zu verteidigen pflegten. Aber waren jene kleinen Tiere mit den funkelnden Augen und den buschigen Schwänzen, die dort zum Feuer heranschlichen, nicht Schakale? Und dennoch schleuderten die Hirten nicht ihre Stecken nach ihnen, die Hunde schliefen ruhig weiter, die Schafe flohen nicht, und die Raubtiere streckten sich neben den Menschen zum Schlummer hin.

Das alles sah die Sibylle, aber sie wußte nichts davon, was sich hinter ihr auf dem Gipfel des Berges zutrug. Sie wußte nichts davon, daß man dort einen Altar errichtete, ein Kohlenfeuer entzündete, Weihrauch ausstreute, und daß der Kaiser eine Taube aus dem Vogelbauer nahm, um sie zu opfern. Seine Hände waren jedoch so schlaff, daß er den Vogel nicht festhalten konnte. Die Taube befreite sich mit einem einzigen Flügelschlage, schwang sich empor und verschwand im Nachtdunkel.

Als dies geschah, blickten die Hofherren voller Mißtrauen nach der alten Sibylle hin. Sie glaubten, sie müsse die Urheberin dieses Mißgeschicks sein.

Konnten sie wissen, daß die Sibylle noch immer am Kohlenfeuer der Hirten zu stehen wähnte, und daß sie eben einem leisen Klange lauschte, der bebend durch die todesstille Nacht schwebte? Sie vernahm ihn, lange bevor sie inne ward, daß er nicht von der Erde kam, sondern aus dem Gewölk drang. Endlich hob sie ihr Haupt, und nun sah sie lichte, strahlende Gestalten durch das Dunkel hingleiten. Es waren Scharen kleiner Engel, die lieblich singend und gleichsam suchend über die weite Ebene hin und her flogen.

Indessen die Sibylle dem Engelsang lauschte, bereitete sich der Kaiser zu einem erneuten Opfer. Er wusch sich die Hände, säuberte den Altar und ließ sich die zweite Taube reichen. Aber obwohl er sich jetzt aufs äußerste bemühte, sie festzuhalten, entglitt der geschmeidige Taubenkörper seiner Hand, und der Vogel schwang sich in die undurchdringlich dunkle Nacht empor.

Entsetzen faßte den Kaiser. Vor dem leeren Altar stürzte er auf die Knie und betete zu seinem Schutzgeist. Er flehte ihn um Kraft an, auf daß er alles Unheil abwende, das diese Nacht zu verkünden schien.

Auch davon hatte die Sibylle nichts vernommen. Mit ganzer Seele lauschte sie dem Engelsang, der immer mächtiger anschwoll. Schließlich ertönte er so stark, daß die Hirten davon erwachten. Sie stützten sich auf ihre Ellbogen und sahen leuchtende Scharen silberweißer Eng-lein in langen, wogenden Reigen gleich Zugvögeln hoch oben im Dunkel schweben. Einige hatten Lauten und Geigen in den Händen, andere trugen Zithern und Harfen, und ihr Gesang erklang so fröhlich wie Kinderlachen und so sorglos wie Lerchengezwitscher. Als die Hirten dies vernahmen, erhoben sie sich alsobald, um sich nach der Bergstadt zu begeben, in der sie wohnten, und dort von dem Wunder zu berichten.

Sie tasteten sich vorwärts auf einem schmalen, gewundenen Pfade, und die alte Sibylle folgte ihnen in Gedanken. Plötzlich wurde es oben auf dem Berge hell. Mitten darüber flammte ein großer, klarer Stern, und die Stadt auf dem Berggipfel erschimmerte wie Silber im Sternenlicht. Alle die schwebenden Engelscharen flogen darauf zu, und die Hirten beschleunigten ihre Schrit-te, so daß sie fast liefen. Als sie die Stadt erreicht hatten, sahen sie, daß die Engel sich über einem niedrigen Stall in der Nähe des Stadttores versammelt hatten. Es war eine elende Baracke mit einem Strohdach und dem nackten Felsgestein als Rückenwand. Senkrecht darüber stand der Stern, und dort scharten sich die Engel immer dichter und dichter. Einige setzten sich auf das Strohdach oder ließen sich auf der steilen Felswand hinter dem Hause nieder, andere flogen mit flatternden Schwingen hin und her. Hoch, hoch oben war die Luft von ihren strahlenden Schwingen verklärt und erleuchtet.

In demselben Augenblick, als der Stern über der Bergstadt aufglomm, erwachte die ganze Natur, und den Männern auf der Höhe des Kapitols konnte der plötzliche Wechsel nicht entge-hen. Sie fühlten, daß frische Winde sie umkosten. Liebliche Düfte strömten empor, die Bäume rauschten, der Tiber begann zu murmeln, die Sterne erglänzten, und der Mond stand hoch am Himmel und erhellte die Welt. Und aus den Wolken schwangen sich zwei Tauben herab und ließen sich auf des Kaisers Schultern nieder.

Als dieses Wunder geschah, erhob sich Augustus in stolzer Freude, seine Vertrauten und Sklaven aber sanken auf die Knie und riefen:»Ave Caesar! Dein Schutzgeist hat Dir nun Antwort gegeben. Du bist der Gott, der auf dem Gipfel des Kapitols angebetet werden soll!«

Und die Huldigung, die jene begeisterten Männer dem Kaiser darbrachten, hallte so mächtig, daß die greise Sibylle sie hörte. Sie war aus ihrer Entrücktheit erwacht. Sie erhob sich von ihrem Platze am Felsenabhang und schritt auf die Menschen zu. Es war, als hätte sich eine düstere Wolke aus der Tiefe des Abgrunds emporgehoben und drohte über den Felsgipfel hinabzustür-zen. Grausig war die alte Sibylle in ihrer Greisenhaftigkeit. Struppiges Haar hing in wirren Strähnen um ihr Haupt, die Gelenke der Glieder waren unförmig gestaltet, und die fahlgelbe Haut umgab den Körper hart wie Baumrinde, Runzel an Runzel.

Aber gewaltig und ehrfurchtgebietend schritt sie auf den Kaiser zu. Mit der einen Hand umspannte sie sein Handgelenk, mit der andern wies sie nach dem fernen Osten.

»Sieh!« gebot sie ihm, und der Kaiser hob die Augenlider und blickte hinab.

Der weite Raum eröffnete sich seinen Augen, und seine Blicke drangen bis ins ferne Mor-genland. Er sah einen dürftigen Stall unter einer steilen Felswand, in dessen offener Tür einige Hirten knieten. Drinnen im Stall sah er eine junge Mutter. Sie kniete vor einem kleinen Kinde, das auf einem Strohbündel am Boden lag.

Und die unförmigen, knochigen Finger der Sibylle wiesen auf dieses arme Kindlein hin.

»Ave Caesar!« sprach die Sibylle mit einem Hohnlachen. » *Dort* liegt der Gott, der auf der Höhe des Kapitols angebetet werden wird!«

Da wich Augustus vor ihr zurück, wie vor einer Wahnwitzigen.

Aber nun kam die mächtige Sehergabe über die Sibylle. Ihre wilden Augen begannen zu glühen, ihre Arme streckten sich zum Himmel empor, ihre Stimme verwandelte sich, als wäre es nicht mehr ihre eigene, und sie bekam einen Klang und eine Kraft, daß sie auf dem weiten Erdenrund hätte vernommen werden können. Und sie sprach Worte aus, die sie hoch oben in den Sternen zu lesen schien:

»Auf der Höhe des Kapitols wird man den Weltenerneuerer anbeten, den Christ oder den Antichrist, doch nicht einen schwachen Sterblichen.«

Nachdem sie also gesprochen hatte, schritt sie an den vor Schreck erstarrten Männern vorüber langsam von der Bergeshöhe hinab und verschwand.

Augustus aber erließ am nächsten Tage ein strenges Verbot der Absicht, einen ihm geweihten Tempel auf dem Kapitol zu bauen. Statt dessen errichtete er dort ein Sanktuarium für den neugeborenen Gottessohn und nannte es *Himmelsaltar, Ara coeli.*

Der Brunnen der weisen Männer

Im alten Lande Judäa zog die Dürre einher, hohläugig und voll Bitterkeit schritt sie über vertrocknete Disteln und vergilbtes Gras hin.

Es war Sommerzeit. Die Sonne schien auf schattenlose Berggipfel, der leiseste Wind wirbelte dichte Wolken von Kalkstaub aus der grauweißen Erde, die Herden drängten sich um die ausgetrockneten Bäche der Täler.

Die Dürre ging durchs Land und beschaute die Wasservorräte. Sie wanderte nach den Teichen Salomos, und seufzend erkannte sie, daß diese noch eine große Menge Wassers zwischen ihren felsigen Ufern bargen. Dann ging sie zu dem berühmten Davidsbrunnen bei Bethlehem hinab und fand auch dort Wasser. Mit schleppenden Schritten zog sie nun auf der großen Heerstraße weiter, die von Bethlehem nach Jerusalem führt. Als sie etwa den halben Weg zurückgelegt hatte, erblickte sie den Brunnen der weisen Männer, der dicht am Wegrande liegt, und sie gewahrte sofort, daß er nahe am Versiegen sei.

Die Dürre ließ sich auf der Brunnenschale nieder, die aus einem einzigen großen, ausgehöhlten Stein besteht, und blickte hinab in den Brunnen.

Der glänzende Wasserspiegel, der sonst nahe der Oeffnung sichtbar wurde, war tief hinabgesunken und durch Schlamm und Schlick trübe und unrein.

Als der Brunnen das braungebrannte Gesicht der Dürre auf seinem matten Wasserspiegel erkannte, ließ er ein Plätschern der Angst vernehmen.

»Ich bin neugierig, wann es mit Dir aus sein wird,« sagte die Dürre. »Dort unten in der Tiefe kannst Du wohl keine Wasserader finden, die da käme, Dir neues Leben zu verleihen. Und, Gott sei Dank, kann von Regen vor zwei, drei Monaten gar keine Rede sein.«

»Da sei Du beruhigt,« seufzte der Brunnen. »Mir hilft nichts mehr. Es müßte denn zum mindesten ein Quellenlauf aus dem Paradies mich speisen.«

»So will ich Dich nicht verlassen, ehe alles überstanden ist,« sagte die Dürre. Sie erkannte deutlich, daß der alte Brunnen am Versiegen war, und nun wollte sie auch die Freude haben, ihn Tropfen für Tropfen hinsterben zu sehen.

Sie setzte sich befriedigt auf der Brunnenschale zurecht und hörte mit Behagen, wie der Brunnen dort unten in der Tiefe stöhnte. Es war ihr auch eine große Labsal, daß durstige Wanderer dem Brunnen sich näherten, die den Eimer hinabließen und nur mit etlichen Tropfen schlammigen Wassers emporzogen.

So ging der ganze Tag dahin, und als das Dunkel herniedersank, blickte die Dürre nochmals in den Brunnen hinunter. Noch schimmerte dort ein wenig Wasser. »Ich werde über Nacht hier bleiben,« rief sie. »Beeile Dich nur nicht! Wenn es so hell wird, daß ich wieder in Dich hinabsehen kann, dann ist es sicherlich mit Dir zu Ende.«

Die Dürre kauerte auf dem Brunnendach zusammen, während die heiße Nacht, die noch grausamer und qualvoller wirkte als der Tag, sich über Judäa breitete. Die Hunde und Schakale heulten unablässig, und die durstigen Rinder und Esel antworteten ihnen aus ihren heißen Ställen. Regte sich auch zuweilen der Wind, so brachte er doch keine Kühlung, sondern war glühend und dumpf wie die keuchenden Atemzüge eines riesigen, schlafenden Ungeheuers.

Jedoch die Sterne erschimmerten im allerherrlichsten Glanze, und der kleine, strahlende Neumond goß ein schönes, blau-grünes Licht über die grauen Hügel. Und in diesem Mondschein sah die Dürre eine große Karawane zu dem Hügel heraufziehen, auf dem der Brunnen der weisen Männer lag.

Die Dürre blickte auf den langen Zug hin und freute sich von neuem bei dem Gedanken an all den Durst, der dort den Brunnen suchte und keinen Tropfen Wasser zur Löschung finden würde. Es kamen so viele Tiere und Führer, daß sie den Brunnen hätten leeren können, wenn er auch bis oben voll Wasser gewesen wäre.

Plötzlich hatte sie das Gefühl, als ob diese ganze Karawane etwas Sonderbares, Gespenstisches habe, wie sie dort durch die Nacht herbeizog. Alle Kamele kamen erst auf einem Berge zum Vorschein, der dicht am Horizont emporragte: es war, als stiegen sie gerade vom Himmel herab.

Sie sahen im Mondlicht auch viel größer als gewöhnliche Kamele aus und trugen gar zu leicht die gewaltigen Lasten, mit denen sie bebürdet waren.

Dennoch konnte die Dürre nur glauben, daß alles Wirklichkeit sei, weil sie das Bild ja genau vor sich sah. Sie konnte sogar erkennen, daß die drei vordersten Tiere Dromedare mit grauem, glänzendem Fell waren, und daß sie, reich gezäumt und mit fransengezierten Schabracken gesattelt, von schönen, vornehmen Reitern geritten wurden.

Vor dem Brunnen machte der Zug Halt. Die Dromedare lagerten sich mit dreimaligem, schnellem Einknicken auf die Erde, und die Reiter stiegen ab. Die beladenen Kamele blieben aufrecht stehen und schienen in ihrer Versammlung eine unabsehbare Wirrnis von langen Hälsen und Höckern und sonderbar hoch aufgestapeltem Gepäck.

Die drei Dromedarreiter schritten stracks auf die Dürre zu und begrüßten sie, indem sie die Hand an Stirn und Brust legten. Sie sah, daß die drei blendendweiße Gewänder und riesige Turbane trugen, an deren oberem Rand ein hellglänzender Stern befestigt war, der so stark funkelte, als ob er eben vom Himmel genommen sei.

»Wir sind aus einem fernen Lande«, sprach einer der Fremdlinge, »und bitten Dich, uns zu sagen, ob das in Wahrheit der Brunnen der weisen Männer ist.«

»So nennt man ihn bis auf den heutigen Tag,« antwortete die Dürre, »aber morgen wird es hier keinen Brunnen mehr geben. Er wird noch in dieser Nacht versiegen.«

»Das kann ich begreifen, da ich *Dich* hier sehe,« sprach der Mann. »Aber ist dieser denn nicht einer der geheiligten Brunnen, die nimmer versiegen? Weshalb hätte er sonst wohl seinen Namen?«

»Ich weiß, daß er geheiligt ist,« sagte die Dürre, »aber was tut das? Die drei Weisen sind im Paradies.«

Die drei Fremdlinge blickten einander an und fragten: »Kennst Du wirklich die Geschichte dieses alten Brunnens?«

»Ich kenne die Geschichte aller Brunnen und Quellen, aller Bäche und Flüsse,« antwortete die Dürre mit Stolz.

»Dann mache uns die Freude und erzähle sie!« baten die Fremdlinge. Und sie setzten sich im Kreise um die alte Widersacherin alles Gedeihens nieder und lauschten.

Die Dürre räusperte sich, kauerte auf der Brunnenschale nieder wie ein Märchenerzähler auf seinem hohen Holzschemel und begann:

»In Gabes, einer Stadt in Medien, die an der Grenze der Wüste liegt und eben deshalb mir oft zur lieben Freistatt wurde, lebten vor vielen Jahren drei Männer, die um ihrer Weisheit willen berühmt waren. Sie waren jedoch auch sehr arm, was dort ein seltener Umstand war, denn zu Gabes wurde alle Wissenschaft hoch in Ehren gehalten und gut belohnt. Aber bei diesen drei Männern konnte es kaum anders zugehen, denn einer von ihnen war uralt, der zweite war aussätzig und der dritte war ein schwarzer Neger mit wulstigen Lippen. Den Menschen galt der erste als zu bejahrt, um sie noch lehren zu können, dem zweiten wichen sie aus, weil sie die Ansteckung fürchteten, und dem dritten wollten sie nicht zuhören, weil sie zu wissen vermeinten, daß aus Aethiopien noch niemals Weisheit gekommen sei.

»Die drei Weisen indessen schlossen in ihrem Unglück Freundschaft. Tags bettelten sie an derselben Tempelpforte, und nachts schliefen sie auf demselben Dach. So hatten sie zum mindesten Gelegenheit, sich die Zeit dadurch zu verkürzen, daß sie gemeinsam über alles Wunderbare nachgrübelten, was sie an Dingen und Menschen beobachtet.

»Eines Nachts, als sie nebeneinander auf einem Dach schliefen, das dicht mit rotem, betäubendem Mohn bewachsen war, erwachte der Aelteste, und kaum hatte er umhergeblickt, als er auch schon die beiden anderen weckte. ›Gelobt sei unsere Armut, die uns zwingt, draußen im Freien zu schlafen!‹ sagte er zu ihnen. ›Erwachet und erhebet Eure Blicke zum Himmel!‹

»Nun,« sprach die Dürre mit etwas sanfterer Stimme, »dies war eine Nacht, die keiner, der sie erschaut hat, jemals vergessen könnte. So strahlend war der Luftraum, daß der Himmel, der sonst fast stets einem Gewölbe gleicht, tief und durchsichtig schien und wie von Meereswellen

erfüllt war. Das Licht wogte hin und her, und die Sterne schienen in unterschiedlicher Tiefe zu schwimmen, einzelne inmitten der Lichtwogen, andere auf deren Oberfläche.

»Aber in weiter Ferne und hoch oben in den Lüften sahen die drei Männer ein schwaches Dunkel erstehen. Und dieses Dunkel durchflog den Luftraum wie ein Ball und kam immer näher, und je mehr dieser Ball sich näherte, desto stärker leuchtete er, aber er leuchtete so wie Rosen – möge Gott sie alle verdorren lassen! –, wenn sie die Knospe sprengen. Der Ball vergrößerte sich mehr und mehr, und nach und nach zersprang seine dunkle Hülle, und das Licht entströmte ihm in vier lichten Blättern, die sich zu seinen Seiten abzweigten. Als er endlich so tief herabgeschwebt war, wie der zunächst stehende Stern, machte er Halt. Da bogen sich die dunklen Enden der Hülle weg, und es entfaltete sich Blatt um Blatt eines herrlichen, rosenfarbenen Lichtes, das wie ein Stern inmitten der Sterne strahlte.

»Als die armen Männer dies gewahrten, sagten sie sich in ihrer Weisheit, daß zu dieser Stunde ein mächtiger König auf Erden geboren sein müsse, ein König, dessen Macht noch größer sein würde als die des Cyrus oder Alexanders des Großen. Und sie sprachen zueinander:

›Lasset uns hingehen zu den Eltern des Neugeborenen und ihnen berichten, was wir erschaut haben! Mag sein, sie belohnen uns mit einem Beutel Gold oder einer goldenen Armspange.‹

»Da nahmen sie ihre langen Wanderstäbe und begaben sich auf den Weg. Sie wanderten durch die Stadt und durchschritten das Stadttor, aber dort schwankten sie einen Augenblick, denn vor ihnen erstreckte sich die große, unfruchtbare (ach, so anmutige) Wüste, die die Menschen verabscheuen. Da sahen sie, daß der neue Stern einen schmalen Lichtstreifen über den Wüstensand warf, und mit dem Stern als Wegweiser wanderten sie getrost ihres Weges dahin.

»Die ganze Nacht durch gingen sie über die weite Sandebene, und auf der Wanderung sprachen sie von dem jungen, neugeborenen König, den sie in einer goldenen Wiege, mit Edelsteinen spielend, finden würden. Sie verkürzten sich die Nachtstunden, indem sie davon redeten, wie sie vor seinen Vater, den König, und seine Mutter, die Königin, hintreten würden, um ihnen zu verkünden, daß der Himmel ihrem Sohne Stärke und Macht, Schönheit und Glück verleihen würde, und daß er mächtiger als Salomo werden sollte.

»Sie prahlten, daß *sie* von Gott dazu berufen seien, den Stern zu erschauen. Sie sagten sich, daß die Eltern des Neugeborenen sie nicht geringer als mit zwanzig Beuteln Gold belohnen könnten. Vielleicht würden sie ihnen sogar so viel geben, daß sie nie wieder die Qual der Armut zu fühlen brauchten.

»Ich lag wie eine Löwin in der Wüste auf der Lauer«, sagte die Dürre, »und wollte mich mit allen Qualen des Durstes auf die Wanderer stürzen, sie aber entkamen mir. Der Stern geleitete sie die ganze Nacht, und als sich am Morgen der Himmel erhellte und alle die anderen Sterne verblichen, blieb dieser Stern beharrlich am Himmel stehen und leuchtete über der Wüste, bis er sie zu einer Oase geführt hatte, wo sie eine Quelle und fruchtreiche Obstbäume fanden. Dort ruhten sie den Tag über, und erst zur Nacht, als sie wieder den Sternenstrahl auf dem Wüstensand glänzen sahen, gingen sie weiter.

»Nach der Anschauung der Menschen«, fuhr die Dürre fort, »war diese Wanderung schön. Der Stern führte sie immer so, daß sie weder dursteten noch hungerten. Er geleitete sie an scharfen Disteln vorbei, er wich dem tiefen, losen Flugsand aus, sie entgingen durch ihn dem blendenden Sonnenschein und den glühenden Wüstenstürmen. Die drei sprachen beständig zueinander:

›Gott schützt uns und segnet unsere Wanderung. Wir sind seine Sendboten.‹

»Aber allmählich gewann ich dennoch Macht über sie,« erzählte die Dürre weiter. »Die Herzen der Sternwanderer wurden zu so trockenen Wüsteneien, wie jene, die sie durchschritten, sie waren voll unfruchtbarer Hoffart und wüster Begierde.

›Wir sind die Sendboten Gottes‹, wiederholten die drei Weisen, ›der Vater des neugeborenen Königs wird uns nicht zu reich belohnen, wenn er uns eine mit Gold beladene Karawane schenkt.‹

»Endlich führte der Stern sie über den vielgerühmten Jordanfluß und hierauf zu den Bergen Judäas. Und eines Nachts blieb er über der kleinen Stadt Bethlehem stehen, die auf einem Bergkegel zwischen grünen Olivenbäumen hervorschimmerte.

»Die drei Weisen blickten nach Schlössern, befestigten Türmen, Mauern und all dem anderen umher, das zu einer Königsstadt gehört, aber sie vermochten nichts dergleichen zu entdecken. Und was noch schlimmer war, das Sternenlicht geleitete sie nicht einmal zur Stadt hinein, sondern machte vor einer Felsenhöhle am Wegrande Halt. Dort glitt das milde Licht durch die Oeffnung hinein und zeigte den drei Wandernden ein Kindlein, das im Schoße seiner Mutter lag und in Schlaf gesungen wurde.

»Aber obwohl die drei Weisen wahrnahmen, daß das Sternenlicht des Kindes Haupt wie eine Krone umringte, blieben sie vor der Höhle stehen. Sie gingen nicht hinein, um dem Kleinen Ehren und Königreiche zu prophezeien. Sie wandten sich ab, ohne ihre Gegenwart zu verraten, sie flohen vor diesem Kinde und stiegen wieder bergaufwärts.

›Sind wir zu Bettlern ausgezogen, so gering und arm wie wir selber?‹ sprachen sie. ›Hat Gott uns hierher geführt, auf daß wir seiner spotten und dem Sohn eines Schafhirten Ehren weissagen? Dieses Kind wird niemals Höheres erreichen, als hier in diesen Tälern seine Herde zu hüten!‹«

Die Dürre hielt inne und nickte bekräftigend ihren Zuhörern zu. Habe ich nicht recht? schien sie sagen zu wollen. Es gibt mancherlei, das trockener ist als Wüstensand, aber nichts ist unfruchtbarer als das Menschenherz.

»Die drei Weisen waren noch nicht weit gegangen, als es sie bedünken wollte, daß sie sich verirrt hätten und dem Sterne nicht richtig gefolgt wären,« fuhr die Dürre fort. »Und sie wandten ihre Augen zum Himmel, um den Stern und den rechten Weg wiederzufinden. Aber da war der Stern, dem sie vom Morgenlande her gefolgt waren, vom Himmel verschwunden.

»Die drei Fremdlinge schraken heftig zusammen, ihr Gesicht zeigte tiefen Schmerz.

»Was nun geschah,« hub die Erzählerin wieder an, »war, nach Menschensinn beurteilt, vielleicht sehr erfreulich. Sicher ist, daß die drei Weisen, sobald sie den Stern nicht mehr erblickten, erkannten, daß sie vor Gott gesündigt hatten. Und es erging ihnen,« fuhr die Dürre erschauernd fort, »wie es der Erde im Herbst geht, wenn die starken Regengüsse beginnen. Sie bebten vor Schrecken, wie bei einem Gewitter, ihre Herzen wurden wieder weich, und in ihrem Gemüt sproßte die Demut wie grünes Gras empor.

»Drei Tage und drei Nächte durchwanderten sie das Land, um jenes Kind zu finden, das sie anbeten sollten. Der Stern jedoch zeigte sich ihnen nicht, sie verirrten sich mehr und mehr und waren voll Kummer und Verzweiflung. In der dritten Nacht aber kamen sie zu dem Brunnen hier, um zu trinken. Und nun hatte Gott ihnen ihre Sünde vergeben, und als sie sich über den Wasserspiegel beugten, da erblickten sie tief unten den Widerschein des Sternes, der sie aus dem Morgenlande hergeführt hatte.

»Auch am Himmel gewahrten sie ihn alsogleich, und er geleitete sie aufs neue nach der Höhle zu Bethlehem, wo sie vor dem Kinde auf die Knie sanken und sprachen:

›Wir bringen Dir goldene Schüsseln mit Weihrauch und köstlicher Spezerei. Du wirst der mächtigste König der Erde werden, der je seit ihrer Erschaffung gelebt hat und leben wird bis zu ihrem Untergang.‹

»Alsbald legte das Kindlein seine kleine Hand auf ihre gesenkten Köpfe, und als sie aufstanden, siehe, da hatte es ihnen Gaben gespendet, größer und reicher als ein König sie spenden könnte. Denn der alte Bettler war wieder jung, der Aussätzige gesund und der Neger ein schöner, weißer Mann. Und man erzählt, sie seien so herrlich gewesen, daß sie von dannen zogen und jeder König in seinem Heimatlande wurde.«

Die Dürre hielt in ihrer Erzählung inne, und die drei Fremdlinge lobten sie und sprachen: »Du hast gut berichtet.«

»Aber es wundert mich,« sagte der eine, »daß die drei Weisen gar nichts für den Brunnen tun, der ihnen einst den Stern zeigte. Sollten sie eine so große Wohltat ganz vergessen haben?«

»Müßte dieser Brunnen nicht ewig sein,« sprach der zweite Fremdling, »um die Menschen daran zu gemahnen, daß das Glück, das auf den Höhen des Stolzes eingebüßt wird, sich in der Tiefe der Demut wiederfindet?«

»Sind die Abgeschiedenen schlechter als die Lebenden?« fragte der dritte. »Erstirbt die Dankbarkeit bei denen, die im Paradiese leben?«

Aber als sie diese Worte sprachen, fuhr die Dürre mit einem Schrei empor. Sie hatte die Fremdlinge erkannt, sie begriff, wer diese Wanderer waren. Und sie entfloh wie eine Rasende, um nicht mitansehen zu müssen, wie die drei weisen Männer ihre Sklaven herbeiriefen und ihre Kamele zum Brunnen führten, die alle mit Wasserschläuchen beladen waren, und wie sie den armen versiegenden Brunnen mit Wasser füllten, das sie im Paradiese geschöpft hatten.

Das Kindlein von Bethlehem

Zu Bethlehem vor dem Stadttor stand ein römischer Kriegsknecht Wache. Er war mit Harnisch und Helm gerüstet, trug ein kurzes Schwert an der Seite und hielt einen langen Speer in der Hand. Den ganzen Tag über stand er fast regungslos, so daß man glauben konnte, er sei ein Mann aus Eisen. Die Bürger der Stadt gingen durch das Tor aus und ein, Bettler setzten sich im Schatten des Torbogens nieder, Obstverkäufer und Weinhändler stellten ihre Körbe und Gefäße neben dem Kriegsknecht auf die Erde, er aber nahm sich kaum die Mühe, auch nur den Kopf zu wenden, um ihnen nachzublicken.

»Was soll ich Euch groß beachten?« schien er sagen zu wollen. »Was geht Ihr mich an, die Ihr arbeitet und Handel treibt und mit Oelkrügen und Weinschläuchen hergezogen kommt? Laßt mich ein Kriegsheer sehen, das sich ordnet, um auf den Feind loszugehn! Laßt mich das Gedränge und den hitzigen Kampf sehn, wenn ein Reitertrupp sich auf eine Schar Fußsoldaten stürzt! Laßt mich die Tapferen sehen, die mit Sturmleitern voraneilen, um die Mauern einer belagerten Stadt zu erklimmen! Nichts anderes als der Krieg kann mein Auge ergötzen. Ich sehne mich danach, die Adler Roms in der Luft blitzen zu sehn. Ich sehne mich nach dem Dröhnen der kupfernen Posaunen, nach den leuchtenden Waffen, nach umherspritzendem roten Blute.

Dicht vor dem Stadttor lag ein herrliches Feld, das ganz mit Lilien bewachsen war. Jeden Tag stand der Kriegsknecht, die Blicke auf eben dieses Feld gerichtet, aber nie dachte er daran, die unvergleichliche Schönheit der Blumen zu bewundern. Zuweilen bemerkte er, daß die Vorübergehenden stehen blieben, um sich an dem Anblick der Lilien zu erfreuen, und dann verwunderte er sich darüber, daß sie ihre Wanderung unterbrachen, um etwas so Unwichtiges zu betrachten. »Diese Menschen wissen nicht, was schön ist,« sagte er sich.

Und während er darüber nachdachte, sah er nicht mehr die grünenden Felder und die Olivenberge rings um Bethlehem vor seinen Augen, sondern träumte sich fort nach einer glühendheißen Wüste im sonnenreichen Libyen. Er sah eine Legion Soldaten in einer langen, geraden Kette über den gelben, pfadlosen Wüstensand ziehen. Nirgends gab es Schutz vor den Sonnenstrahlen, nirgends eine labende Quelle, nirgends war die Grenze der Wüste oder ein Ziel der Wanderung zu erspähen. Er sah Soldaten, die sich matt von Hunger und Durst mit wankenden Schritten vorwärts schleppten. Er sah einen nach dem anderen von der glühenden Sonnenhitze gefällt zur Erde niedertaumeln. Aber trotz alledem drang das Heer beharrlich vorwärts, ohne zu zagen, ohne daran zu denken, den Feldherrn zu verlassen und umzukehren.

»Da seht Ihr, was schön ist!« sprach der Kriegsknecht vor sich hin. »Seht, das ist wert, von einem tapferen Manne angeschaut zu werden!«

Während der Kriegsknecht Tag für Tag auf demselben Platz Posten stand, hatte er die beste Gelegenheit, die schönen Kinder zu beobachten, die um ihn herum spielten. Aber es erging ihm mit den Kindern wie mit den Blumen. Er begriff nicht, daß es der Mühe lohne, sie anzusehen. »Was kann einem dabei nur Freude gewähren?« dachte er, wenn er die Menschen lächeln sah, während sie den Kinderspielen zusahen. »Es ist sonderbar, daß man sich über so Nichtiges zu freuen vermag.«

Eines Tages, als der Kriegsknecht wie gewöhnlich vor dem Stadttor Wache hielt, sah er ein Knäblein, das ungefähr drei Jahre alt sein mochte, und das zum Spiel auf die Wiese hinausging. Es war ein armes Kind, das nur in ein kleines Schaffell gehüllt war und ganz allein spielte. Der Soldat beobachtete den neuen Ankömmling, fast ohne es selbst zu merken. Was ihm zuerst auffiel, war, daß der Kleine so leichtfüßig über das Feld lief, als schwebe er nur über die Spitzen der Grashalme dahin. Als aber der Kriegsknecht begann, seinen Spielen zu folgen, ward er noch viel verwunderter. »Bei meinem Schwert,« sagte er schließlich, »das Kind hier spielt nicht wie die anderen! Was mag das nur sein, womit es sich beschäftigt?«

Das Kind spielte in nächster Nähe des Kriegsknechts, so daß dieser genau beobachten konnte, was es tat. Er bemerkte, daß es sein Händchen ausstreckte, um eine Biene einzufangen, die so schwer mit Blütenstaub beladen auf dem Rande einer Blume saß, daß sie kaum die Flügel zum Fluge heben konnte. Er sah zu seinem großen Staunen, daß das Bienchen sich haschen ließ, ohne den geringsten Fluchtversuch zu machen oder den Stachel zu gebrauchen. Als nun der Kleine die Biene in seinen Händchen geborgen hatte, lief er zu der Stadtmauer hin, wo ein Bienenschwarm sich in einem Spalt wohnlich eingerichtet hatte, dort setzte er es ab. Und nachdem er auf diese Weise *einem* Bienchen geholfen hatte, eilte er schnell ans Werk, um einem anderen zu helfen. Und so sah der Soldat ihn den ganzen Tag über Bienen einfangen, um sie zu ihrem Schwarm zu tragen.

»Das Bürschlein ist fürwahr törichter, als mir bisher noch irgend jemand vorgekommen ist,« meinte der Kriegsknecht. »Wie verfällt er nur darauf, diesen Bienen helfen zu wollen, die sich so gut ohne seinen Beistand zurechtfinden würden und ihn noch obendrein mit ihrem Stachel stechen könnten? Was für ein Mensch soll aus ihm werden, wenn er am Leben bleibt?«

Der Kleine kam Tag für Tag wieder, um draußen auf der Wiese zu spielen, und der Kriegsknecht konnte es nicht lassen, sich über ihn und seine Spiele zu verwundern. »Das ist seltsam,« meinte er, »nun habe ich seit vollen drei Jahren an diesem Tor auf Wache gestanden, und noch nie ist mir etwas vor Augen gekommen, was meine Gedanken so erfüllt hätte wie dieses Kind.«

Aber der Kriegsknecht hatte durchaus keine Freude an dem Kinde. Dagegen gemahnte der Kleine ihn an die schreckliche Prophezeiung eines alten jüdischen Sehers. Dieser hatte nämlich geweissagt, daß sich dereinst eine Zeit des Friedens auf die Erde niedersenken würde. Während eines Zeitraums von tausend Jahren würde kein Blut vergossen und kein Krieg geführt werden, denn die Menschen würden einander lieben wie Brüder. Wenn der Kriegsknecht nur daran dachte, daß so etwas Entsetzliches zur Wirklichkeit werden könnte, dann lief ihm ein Schauer über den Leib, und er umklammerte seinen Speer fester, als ob er eine Stütze suchte.

Und je mehr nun der Kriegsknecht von dem Kleinen und seinen Spielen sah, desto mehr mußte er an das tausendjährige Friedensreich denken. Zwar fürchtete er nicht, daß es schon gekommen sei, aber er liebte es nicht, an so Widerwärtiges auch nur denken zu müssen.

Als der Kleine eines Tages draußen auf dem schönen Felde zwischen den Blumen spielte, kam ein sehr heftiger Regenguß aus den Wolken herniedergeprasselt. Sobald der Knabe nun gewahrte, wie groß und schwer die Tropfen waren, die auf die zarten, hilflosen Lilien aufschlugen, schien er sich um seine schönen Lieblinge zu beunruhigen. Er eilte zu der höchsten und schönsten unter ihnen und bog den steifen Stengel, der die Blüten trug, zur Erde hinab, so daß die Regentropfen die untere Seite ihrer Kelche trafen. Und sobald er mit einer Blütenstaude auf diese Weise verfahren war, lief er zu einer anderen hin und bog ihren Stengel in gleicher Weise, so daß alle Blumenkelche der Erde zugewandt waren. Und so machte er es mit einer dritten und vierten, bis sämtliche Blumen des Lilienangers gegen den heftigen Regen geschützt waren.

Der Kriegsknecht mußte innerlich lachen, als er das Werk des Knaben betrachtete. »Ich fürchte, daß diese Lilien ihm dafür nicht dankbar sein werden,« sprach er. »Natürlich werden alle Lilienstengel umgebrochen sein. Die steifen Gewächse lassen sich doch so nicht biegen.«

Als jedoch der Regenschauer endlich aufhörte, da sah der Kriegsknecht den kleinen Knaben wieder zu den Lilien eilen, um sie aufzurichten. Und zum maßlosen Staunen des Mannes bog das Kind ohne die geringste Mühe die steifen Stengel gerade. Es erwies sich, daß kein einziger zerbrochen oder beschädigt war. Er lief von Blume zu Blume, und alle die geretteten Lilien erstrahlten bald in vollem Glanze auf der Flur.

Bei diesem Anblick empfand der Kriegsknecht einen seltsamen Groll. »Sieh einer das Kind!« meinte er. »Es ist doch unglaublich, daß es etwas so Törichtes unternimmt. Was für ein Mann soll aus ihm werden, wenn er es nicht einmal ertragen kann, eine Lilie vernichtet zu sehen? Wie würde es ablaufen, wenn so einer in den Krieg müßte? Wie würde er sich dazu stellen, wenn ihm befohlen würde, ein Haus mit Frauen und Kindern in Brand zu stecken, oder ein Schiff in Grund zu bohren, das mit seiner ganzen Bemannung auf den Wellen treibt?«

Wieder entsann er sich der alten Weissagung, und es beschlich ihn Furcht, daß nun wirklich die Zeit gekommen sein könnte. »Da nun ein solches Kind geboren ist, mag die schreckliche Zeit vielleicht ganz nahe sein,« meinte er. »Schon herrscht Friede in der ganzen Welt, und gewiß wird niemals wieder ein Tag des Krieges anbrechen. Von nun an werden alle Menschen das gleiche Gemüt haben wie dieses Kind. Sie werden sich scheuen, einander zu verletzen, ja, sie werden nicht einmal das Herz haben, eine Biene oder eine Blume zu zerstören. Mit den großen Heldentaten wird es vorbei sein. Man wird keine herrlichen Siege erringen, und kein glänzender Triumphator wird zum Kapitol hinaufziehen. Es wird nichts mehr geben, was ein tapferer Mann ersehnen könnte.«

Und der Kriegsknecht, der noch immer gehofft hatte, neue Kriege zu erleben, um sich durch Heldentaten zu Macht und Reichtum emporzuschwingen, war so zornig über den kleinen Dreijährigen, daß er drohend den Speer gegen ihn ausstreckte, als er das nächste Mal an ihm vorbeilief.

Jedoch an einem anderen Tage waren es weder die Bienen noch die Lilien, denen der Kleine zu helfen suchte, sondern er unternahm etwas, was dem Kriegsknecht noch viel nutzloser und undankbarer erschien.

Es war ein furchtbar heißer Tag, und die Sonnenstrahlen, die auf den Helm und den Harnisch des Soldaten fielen, erhitzten sie so sehr, daß ihm war, als trüge er eine Rüstung aus Feuer. Für die Vorübergehenden sah es so aus, als müsse er entsetzlich unter der Hitze leiden. Seine blutunterlaufenen Augen traten ihm aus dem Kopf, und die Haut seiner Lippen war eingeschrumpft, aber der Kriegsknecht, der sich in der brennenden Glut der afrikanischen Wüsten stählen gelernt hatte, hielt dies für eine Kleinigkeit, und er dachte keinen Augenblick daran, von seinem gewöhnlichen Platz zu weichen. Er fand im Gegenteil Gefallen daran, den Vorübergehenden zu beweisen, wie stark und ausdauernd er sei, und daß er nicht nötig habe, vor der Sonne zu fliehen.

Während er so dastand und sich lebendig fast braten ließ, kam der kleine Knabe, der auf dem Felde zu spielen pflegte, plötzlich auf ihn zugegangen. Er wußte ganz gut, daß der Legionär ihm nicht freundlich gesinnt war, und er hütete sich sonst in die Nähe seines Speers zu kommen, aber jetzt lief er dennoch auf ihn zu, blickte ihn lange und aufmerksam an und rannte in vollem Lauf über die Straße. Als er nach einer Weile zurückkam, hielt er seine beiden Händchen wie eine Schale ausgebreitet und hatte so einige Tropfen Wasser mitgebracht.

»Ist dieses Kind jetzt gar auf den unnötigen Einfall gekommen, für mich Wasser zu holen?« fragte sich der Soldat. »Das hat doch wirklich keinen Verstand. Ein römischer Legionär sollte nicht ein wenig Hitze ertragen können? Wozu muß dieser kleine Bengel umherrennen, um denen zu helfen, die keiner Hilfe bedürfen? Ich mag seine Barmherzigkeit nicht. Ich wünschte, daß er und jeder seinesgleichen vom Erdboden verschwände.«

Der Kleine kam sehr langsam näher. Er hielt seine Fingerchen fest zusammengepreßt, damit nichts verloren ginge oder überlaufe. Während er sich dem Kriegsknecht näherte, hielt er seine Augen ängstlich auf das wenige Wasser geheftet, das er mitbrachte, merkte also nicht, daß jener mit finster gerunzelter Stirn und abweisenden Blicken dastand. Endlich blieb er dicht vor dem Legionär stehen und reichte ihm das Wasser.

Auf dem Wege waren ihm seine schweren, blonden Locken immer tiefer über Stirn und Augen gefallen. Er schüttelte ein paarmal sein Köpfchen, um das Haar zurückzuwerfen und aufblicken zu können. Als es ihm endlich gelang und er den harten Ausdruck im Gesicht des Kriegsknechts wahrnahm, war er dennoch gar nicht erschrocken, sondern stand ruhig da und forderte ihn mit einem bezaubernden Lächeln auf, von dem mitgebrachten Wasser zu trinken. Aber der Kriegsknecht verspürte keine Lust, eine Wohltat von diesem Kinde anzunehmen, das ihm als Feind galt. Er blickte nicht in sein schönes Antlitz hinunter, sondern stand starr und unbeweglich da und machte keinerlei Miene, als verstände er, was das Kind von ihm begehrte.

Aber der Kleine spürte gar nicht, daß dies eine Abweisung sein sollte. Er lächelte immer noch ebenso zutraulich, hob sich auf die Zehenspitzen und streckte seine Aermchen so hoch wie möglich, damit der riesige Soldat das Wasser leichter erreichen könne.

Der Legionär jedoch empfand es als eine Schmach, daß ein Kind ihm helfen wollte, und hob seinen Speer, um den Kleinen in die Flucht zu jagen.

Aber gerade in diesem Augenblick trafen die Glut und die Sonnenstrahlen den Kriegsknecht mit solcher Gewalt, daß er rote Flammen vor seinen Augen auflodern sah, und daß ihm war, als schmelze das Gehirn in seinem Kopfe. Er fürchtete, daß die Sonne ihm den Tod bringen könnte, wenn er nicht sofort Erleichterung fände.

Und ganz verwirrt vor Schrecken über die drohende Gefahr, schleuderte er seinen Speer von sich, umfaßte mit beiden Händen das Kind, hob es zu sich empor und schlürfte das Wasser aus dessen Händchen.

Es waren zwar nur wenige Tropfen, die er so zu sich nahm, aber weiterer Labung bedurfte er auch gar nicht. Sobald er das Wasser gekostet hatte, durchrieselte wonnige Kühlung seinen ganzen Körper, und er fühlte weder die Glut noch die Schwere von Helm und Harnisch. Die Sonnenstrahlen hatten ihre mörderische Macht verloren. Seine trockenen Lippen wurden wieder geschmeidig, und die roten Flammen tanzten nicht länger vor seinen Augen.

Ehe er noch Zeit gehabt hatte, all dies zu bemerken, stellte er das Kind wieder auf die Erde, und es lief nach der Wiese, um weiter zu spielen. Dann aber begann der Kriegsknecht sich verwundert selber zu fragen:

»Was für ein Wasser hat mir das Kind eigentlich dargeboten? Das war ein köstlicher Trank. Ich muß mich ihm wirklich dankbar erzeigen.«

Da er den Kleinen jedoch haßte, ließ er diese Gedanken bald fallen.

»Es ist doch nur ein Kind,« sagte er sich, »es weiß nicht, weshalb es so oder so handelt. Es spielt eben das Spiel, das ihm am meisten zusagt. Sind ihm die Bienen oder die Lilien etwa dankbar? Um dieses Bürschlein brauche ich mir keinerlei Ungelegenheiten zu machen. Es weiß nicht einmal, daß es mir geholfen hat.«

Als er nach kurzer Frist den Anführer der römischen Soldaten, die in Bethlehem lagerten, durch das Tor kommen sah, war er wenn möglich noch ärgerlicher über das Kind.

»Sieh einer,« sagte er sich, »in welcher Gefahr ich durch den Eifer des Kleinen gewesen bin! Wäre Voltigius ein klein wenig früher gekommen, so hätte er mich mit einem Kinde in den Armen gesehen.«

Der Hauptmann schritt indessen geradeswegs auf den Kriegsknecht zu und fragte ihn, ob sie hier ganz unbelauscht miteinander reden könnten, er hätte ihm insgeheim etwas mitzuteilen.

»Wenn wir uns nur zehn Schritt vom Tor entfernen, so kann uns niemand hören,« antwortete der Kriegsknecht.

»Du weißt,« sagte der Hauptmann, »daß der König Herodes wiederholt versucht hat, sich eines Kindes zu bemächtigen, das hier in Bethlehem aufwächst. Seine Seher und Priester haben ihm kundgetan, das Kind werde seinen Thron besteigen, und außerdem ihm prophezeit, daß der neue König ein tausendjähriges Reich des Friedens und der Heiligung gründen würde. Du begreifst also wohl, daß Herodes dieses Kind gern unschädlich machen will.«

»Ja, das begreife ich schon,« sagte der Kriegsknecht eifrig, »aber das muß doch die leichteste Sache auf der Welt sein.«

»Sicherlich wäre es sehr leicht,« entgegnete der Hauptmann, »wenn der König nur wüßte, welches von allen Kindern in Bethlehem das rechte ist.«

Der Kriegsknecht runzelte nachdenklich die Stirn und sprach: »Schade, daß seine Wahrsager ihn darüber nicht aufklären konnten.«

»Herodes hat aber jetzt eine List gefunden, durch die er den jungen Friedensfürsten unschädlich zu machen hofft,« fuhr der Hauptmann fort. »Er verspricht jedem einzigen, der ihm darin beistehen wird, ein kostbares Geschenk.«

»Was Herodes auch immer gebietet, wird selbst ohne Belohnung oder Geschenk vollbracht werden,« sagte der Soldat.

»Ich danke Dir,« erwiderte der Hauptmann. »Höre nun des Königs Plan! Er beabsichtigt zum Jahrestag von seines jüngsten Sohnes Geburt ein Fest zu feiern, zu dem alle Knaben in Bethlehem, die zwei bis drei Jahre alt sind, mit ihren Müttern geladen werden sollen. Und auf diesem Fest – – –«

Er hielt inne und lachte, als er den Ausdruck von Widerwillen sah, der das Gesicht des Kriegsknechts überflog.

»Freundchen, Du brauchst nicht zu befürchten,« fuhr er fort, »daß König Herodes uns als Kinderwärter verwenden will. Neige Dein Ohr zu meinem Munde, dann werde ich Dir seine Entschließung anvertrauen.«

Der Hauptmann flüsterte geraume Zeit mit dem Kriegsknecht, und als er ihm alles mitgeteilt hatte, sprach er:

»Ich brauche Dir wohl nicht zu sagen, daß strengste Verschwiegenheit nötig ist, wenn nicht das ganze Unternehmen mißlingen soll.«

»Du weißt, Voltigius, daß Du Dich auf mich verlassen kannst,« entgegnete der Kriegsknecht.

Als der Anführer sich entfernt hatte und der Kriegsknecht wieder allein auf seinem Posten stand, blickte er sich nach dem Kinde um. Es spielte noch immer inmitten der Blumen, und plötzlich kam dem Krieger der Gedanke, daß der Kleine sie so leicht und anmutig umgaukle wie ein Schmetterling.

Da begann der Kriegsmann zu lachen. »Es ist ja wahr,« sagte er, »ich werde mich nicht mehr lange über dieses Kind zu ärgern brauchen. Es wird ja heute abend auch zum Fest des Herodes eingeladen werden.«

Der Kriegsknecht blieb den ganzen Tag auf seinem Posten stehen, bis der Abend kam und es Zeit wurde, die Stadttore für die Nacht zu schließen.

Als dies getan war, wanderte er durch enge, dunkle Gassen zu dem prächtigen Palast, den Herodes zu Bethlehem besaß.

Im Innern dieses gewaltigen Palastes befand sich ein großer Hof mit Steinfliesen, der von Gebäuden umringt war, an denen drei übereinanderliegende offene Galerien sich hinzogen. Der König hatte bestimmt, daß jenes Fest für die bethlehemitischen Kinder auf der obersten Galerie stattfinden solle.

Diese Galerie war gleichfalls auf den ausdrücklichen Befehl des Königs so umgewandelt, daß sie einem gedeckten Laubgange in einem herrlichen Lustgarten glich. Weinranken schlangen sich an der Decke hin, von denen üppige Traubenbündel herabhingen, und an Wänden und Pfeilern standen kleine Granat-und Orangenbäume, die von Früchten schwer waren. Der Fußboden war mit frischen Rosenblättern bestreut, die dicht und weich wie ein Teppich dalagen, und Girlanden von weißen, strahlenden Lilien zogen sich längs der Balustraden, der Friese, der Tische und der niedrigen Diwane hin.

In diesem Blumengarten waren hier und da große Marmorbassins, in denen gold-und silberglänzende Fische im durchsichtig klaren Wasser sich tummelten. Auf den Bäumen saßen bunte Vögel aus fernen Ländern, und in einem Vogelbauer sah man einen alten Raben, der unablässig schwatzte.

Als das Fest seinen Anfang nahm, zogen Kinder und Mütter in die Galerie. Gleich beim Eintritt in den Palast waren die Kinder mit weißen, purpurumrandeten Gewändern geschmückt worden, und ihre dunkellockigen Köpfchen hatte man mit Rosenkränzen geziert. Stattlich angetan kamen die Frauen in ihren roten und blauen Gewändern, und weiße Schleier wallten ihnen von hohen, spitzen Kopfbedeckungen herab, die mit Goldmünzen und Ketten behangen waren. Einige trugen ihre Knaben hoch auf den Schultern sitzend, andere führten sie an der Hand, und einige, deren Knaben scheu und ängstlich waren, hatten sie auf ihre Arme genommen.

Die Frauen ließen sich auf dem Fußboden der Galerie nieder, und sogleich kamen Sklaven, stellten niedrige Tische vor ihnen auf und brachten erlesene Speisen und Getränke, wie die Sitte es bei einem königlichen Fest erheischt, und alle diese glücklichen Mütter begannen zu essen und zu trinken, ohne jene stolze, anmutige Würde abzulegen, die die schönste Zier der bethlehemitischen Frauen ist.

Längs der Galeriewand und fast verborgen durch die Blumengirlanden und die fruchtbeladenen Bäume waren doppelte Reihen von Kriegsknechten in voller Rüstung aufgestellt. Sie standen ganz unbeweglich da, als hätten sie nichts mit dem zu schaffen, was rund um sie vorging. Die Frauen konnten es nicht lassen, bisweilen einen erstaunten Blick auf diese Schar von Eisengepanzerten zu werfen. »Wozu bedarf es ihrer dort?« flüsterten sie. »Denkt Herodes, daß wir uns nicht zu benehmen wüßten? Glaubt er, daß eine solche Schar von Kriegsknechten notwendig sei, um uns zu überwachen?«

Andere aber meinten wiederum, es sei eben alles ganz so, wie es bei einem König sein müßte. Herodes gäbe eben niemals ein Fest, ohne daß sein ganzes Haus von Kriegsknechten wimmle. Nur um seine Gäste zu ehren, ständen diese schwertbewaffneten Legionäre wachend dort.

Während der ersten Feststunden blieben die Kinder zaghaft und unsicher und hielten sich ruhig neben ihren Müttern. Dann aber setzten sie sich nach und nach in Bewegung, um von den Herrlichkeiten, die Herodes ihnen darbot, Besitz zu ergreifen. Es war ein Zauberland, das der König für seine kleinen Gäste geschaffen hatte. Als sie die Galerie durchwanderten, fanden sie Bienenkörbe, deren Honig sie plündern konnten, ohne daß eine einzige zornige Biene sie stach. Sie fanden Bäume, die ihre fruchtbeladenen Zweige tief zu ihnen hinabsenkten. In einer Ecke fanden sie Zauberkünstler, die in einem Nu ihre Taschen voller Spielzeug steckten, und in einem anderen Winkel der Galerie sahen sie einen Tierbändiger, der ihnen ein paar Tiger zeigte, die so zahm waren, daß sie auf ihrem Rücken reiten konnten.

Aber in diesem Paradiese voll Wonnen gab es doch nichts, was die Aufmerksamkeit der Kleinen so auf sich zog als die lange Reihe von Kriegsknechten, die unbeweglich längs der einen Seite der Galerie stand. Ihre Blicke waren gefesselt von den funkelnden Helmen, den strengen, stolzen Gesichtern und den kurzen Schwertern, die in reich verzierten Scheiden saßen.

Während sie spielten und umhertollten, dachten sie doch immer an die Kriegsknechte. Noch hielten sie sich in einem gewissen Abstand von ihnen, aber sie sehnten sich danach, ihnen nahe zu kommen, um zu sehen, ob sie lebendig wären und sich wirklich bewegen könnten.

Das Spiel und die Festesfreude steigerten sich mit jedem Augenblick, die Soldaten aber standen immer noch regungslos. Den Kleinen erschien es unglaublich, daß Menschen so dicht bei diesen Weintrauben und all den Leckerbissen stehen konnten, ohne die Hand zu rühren.

Endlich vermochte einer der Knaben seine Neugier nicht länger zu zügeln. Leise, und zu schneller Flucht bereit, näherte er sich einem der Eisengepanzerten, und da der Soldat noch immer unbeweglich stehen blieb, schlich er immer näher an ihn heran. Schließlich war er ihm so nahe, daß er nach seinen Sandalenriemen und seinen Beinschienen tasten konnte.

Da, als wäre dies ein unerhörtes Verbrechen gewesen, gerieten alle diese Eisenmänner auf einmal in Bewegung.

In unbeschreiblicher Wut stürzten sie über die Kinder her und ergriffen sie. Einzelne schwangen sie wie Wurfgeschosse über ihren Köpfen und schleuderten sie zwischen den Lampen und Girlanden über die Balustrade der Galerie hinab, wo sie zerschmettert auf den Marmorfliesen liegen blieben. Einige zogen ihre Schwerter und durchbohrten damit die Herzen der Kinder, andere wiederum zerschmetterten die Köpfchen der Kleinen an den Wänden, ehe sie die Leiber in den nachtdunklen Hof hinabschleuderten.

Im ersten Augenblick nach diesem Ueberfall vernahm man keinen einzigen Laut. Die kleinen Körper schwebten noch in der Luft, und die Frauen waren vor Entsetzen versteinert. Aber plötzlich kam ihnen das volle Verständnis dessen, was geschehen war, und die Unseligen begriffen; und mit einem einzigen furchtbaren Schrei stürzten sie sich auf die Mörder.

Oben auf der Galerie waren noch Kinder, die beim ersten Ueberfall nicht aufgegriffen worden waren. Die Kriegsknechte jagten ihnen nach, und die Mütter warfen sich vor ihnen nieder und umklammerten mit bloßen Händen die blanken Schwerter, um den Todesstreich abzuwenden.

Einige Frauen, deren Kinder schon hingemordet waren, stürzten sich auf die Kriegsknechte, packten sie an der Kehle und versuchten sie zu erdrosseln, um für ihre Kleinen Rache an den Mördern zu nehmen.

Während dieser wilden Verwirrung, in der entsetzliches Geschrei den Palast durchgellte, wo so grausige Bluttaten verübt wurden, stand der Kriegsknecht, der die Wache am Stadttor zu halten pflegte, ganz unbeweglich an der obersten Stufe der Treppe, die von der Galerie hinabführte. Er nahm weder am Ringen noch am Morden teil; er zückte nur das Schwert gegen jene Frauen, denen es geglückt war, ihre Kinder an sich zu reißen, und die versuchten, über diese Treppe zu entfliehen. Sein bloßer Anblick, wie er dort finster und unbeweglich stand, war so schrecklich, daß die Fliehenden lieber sich über die Balustraden hinabstürzten oder in das Kampfgewühl zurückkehrten, als daß sie sich der Gefahr aussetzten, sich an ihm vorbeizudrängen.

»Voltigius, der mir diesen Posten anvertraute, hat wahrlich recht daran getan,« sagte sich der Kriegsknecht. »Ein junger, unüberlegter Krieger hätte seinen Platz aufgegeben, um sich in das Gewühl zu stürzen. Hätte ich mich von hier fortlocken lassen, so wären mindestens an zehn Kinder entkommen.«

Während er darüber nachdachte, fiel sein Blick auf ein junges Weib, das sein Kind an sich gerissen hatte und in schnellster Flucht auf ihn zugestürzt kam. Keiner der Legionäre, an denen die Frau vorbeistürmte, konnte ihr in den Weg treten, weil sie alle sich im vollen Kampfe mit anderen Frauen befanden, und auf diese Weise war sie bis zum Ende der Galerie gelangt.

»Sieh da, eine, die dicht daran ist, glücklich zu entwischen!« dachte der Kriegsknecht. »Weder sie noch das Kind sind verwundet. Wenn ich nun nicht hier stände – – –«

Die Frau kam in so raschem Lauf auf den Kriegsknecht zu, als flöge sie. Er hatte auch gar keine Zeit, ihr Gesicht oder das ihres Kindes zu erkennen, sondern streckte nur sein Schwert aus, dem sie mit dem Kinde in ihren Armen entgegenstürzte. Er erwartete, daß beide im nächsten Augenblick durchbohrt zur Erde sinken würden.

Da aber vernahm der Soldat ein heftiges Summen über seinem Haupte, und gleich darauf fühlte er einen rasenden Schmerz in seinem Auge, der so stechend scharf und peinigend war, daß er ihn gänzlich betäubte und verwirrte. Das Schwert entfiel seiner Hand und sank zu Boden.

Er faßte nach dem Auge, ergriff eine Biene und wußte nun, daß nur der Stachel dieses Tierchens ihm den wilden Schmerz verursacht hatte. Blitzschnell bückte er sich nach dem Schwert, in der Hoffnung, daß es noch nicht zu spät sein würde, die Fliehende aufzuhalten.

Das Bienchen jedoch hatte seine Sache sehr gut gemacht. In der kurzen Zeit, für die es den Kriegsknecht geblendet hatte, war es der jungen Mutter geglückt, an ihm vorbei die Treppe hinabzujagen, und obwohl er ihr schleunigst nacheilte, vermochte er sie nicht mehr zu finden. Sie war und blieb verschwunden, und niemand in dem ganzen großen Palast konnte sie entdecken.

*

Am nächsten Morgen stand der Kriegsknecht mit mehreren Kameraden innerhalb des Stadttores auf Wache. Es war in früher Morgenstunde, und man hatte soeben die schweren Tore geöffnet. Aber es hatte den Anschein, als hätte niemand erwartet, daß sie an diesem Morgen geöffnet werden würden. Man sah nicht wie sonst dichte Scharen von Feldarbeitern aus der Stadt hinausströmen. Alle Einwohner von Bethlehem waren über das nächtliche Blutbad so entsetzt, daß sie nicht wagten, ihre Häuser zu verlassen.

»Bei meinem Schwert,« sprach der Soldat, der dort stand und auf die enge Gasse hinstarrte, die zum Tore hinführte, »ich glaube, daß Voltigius einen unklugen Beschluß gefaßt hat. Es wäre besser gewesen, die Tore verschlossen zu halten und jedes Haus in der Stadt durchstöbern zu lassen, bis man den Knaben gefunden hat, der bei dem Feste entkommen ist. Voltigius rechnet darauf, daß seine Eltern versuchen werden, ihn von hier wegzubringen, sobald sie erfahren, daß die Tore offen sind, und er hofft, daß ich ihn just an diesem Tor ergreifen werde. Ich fürchte, daß dies keine kluge Berechnung ist. Wie leicht kann es ihnen gelingen, ein Kind zu verbergen!«

Und er fragte sich, ob sie wohl versuchen würden, das Kind in einem großen Fruchtkorb auf dem Rücken eines Esels oder in einem ungeheuren Oelkrug oder zwischen den Getreidesäcken einer Karawane zu verstecken.

Während er so stand und wartete, ob man versuchen würde, ihn auf diese Weise zu überlisten, gewahrte er einen Mann und ein Weib, die hastig die Gasse hinabkamen und sich dem Tore näherten. Sie gingen sehr schnell und warfen ängstliche Blicke hinter sich, als flüchteten sie vor irgendeiner großen Gefahr. Der Mann hielt eine Axt in der Hand und umklammerte sie mit so festem Griff, als wäre er entschlossen, sich mit Gewalt den Weg zu bahnen, wenn sich jemand ihm hindernd entgegenstellen sollte.

Aber der Kriegsknecht betrachtete das Weib viel genauer als den Mann. Er sah, daß sie ebenso hochgewachsen war wie jene junge Mutter, die ihm am vergangenen Abend entwischt war. Es fiel ihm auch auf, daß sie den Kleiderrock über den Kopf gezogen hatte. Sie trägt ihn vielleicht so, um zu verbergen, daß sie ein Kind auf ihrem Arm hat, dachte er.

Je mehr sie sich näherten, desto deutlicher sah der Kriegsknecht die Umrisse des Kindes, die sich auf dem hochgehobenen Kleide sichtbar abzeichneten. »Ich bin sicher, daß sie es ist, die mir gestern entschlüpfte,« sprach er bei sich. »Ihr Gesicht konnte ich nicht sehen, aber die hohe Gestalt erkenne ich wieder. Und nun kommt sie hier mit dem Kinde auf dem Arm vorbei, ohne auch nur den Versuch zu machen, es verborgen zu halten. Ich hätte es nicht gewagt, auf solch einen Glücksfall zu hoffen.«

Der Mann und die Frau setzten ihre rasche Wanderung bis zum Stadttor fort. Sie hatten augenscheinlich nicht erwartet, dort angehalten zu werden, und zuckten erschrocken zusammen, als der Kriegsknecht seinen Speer fällte und ihnen den Weg versperrte.

»Warum hinderst Du uns an unsere Feldarbeit zu gehen?« fragte der Mann.

»Du wirst sofort gehen können,« antwortete der Soldat, »ich muß nur zuvor sehen, was Dein Weib unter ihrem Kleide verborgen hält.«

»Was ist denn da zu sehen?« sprach der Mann. »Es ist ja nur Brot und Wein, und gerade soviel wie wir den Tag über zu unserer Nahrung brauchen.«

»Du redest vielleicht die Wahrheit,« sagte der Soldat, »wenn es sich aber so verhält, möchte ich wissen, weshalb sie sich abwendet und weshalb sie mich nicht freiwillig sehen läßt, was sie trägt?«

»Ich will nicht, daß Du es siehst,« antwortete der Mann. »Und ich rate Dir, uns hier vorbeigehen zu lassen.«

Und schon erhob er seine Axt, doch die Frau legte ihre Hand auf seinen Arm.

»Laß Dich nicht in Streit und Kampf ein!« bat sie. »Ich werde etwas anderes versuchen. Ich werde ihn das sehen lassen, was ich trage, und ich bin sicher, daß er ihm nichts Böses antun kann.«

Und mit einem stolzen und vertrauensvollen Lächeln wandte sie sich dem Soldaten zu und hob einen Zipfel ihres Kleides.

In demselben Augenblick wich der Soldat zurück und schloß die Augen, als sei er von einem starken Glanz getroffen. Das, was die Frau unter ihrem Kleide verborgen hielt, strahlte ihm so blendend weiß entgegen, daß er vorerst gar nicht wußte, was er dort sah.

»Ich glaubte, Du trügest ein Kind im Arm,« sagte er.

»Du siehst, was ich trage,« entgegnete das junge Weib.

Da endlich erkannte der Soldat, daß ein Bund weißer Lilien, gleich denen auf dem Felde draußen, ihn blendete und anstrahlte. Nur war ihr Glanz noch reicher und leuchtender. Er vermochte es kaum, sie genau zu betrachten.

Er griff nach den Blumen, weil er nicht von dem Gedanken loskommen konnte, daß dieses Weib dennoch ein Kind tragen müsse, seine Hand aber faßte nur die kühlen Blumenblätter.

Er empfand eine bittere Enttäuschung und hätte in seinem Jähzorn gern Mann und Weib gefangen genommen, doch wußte er nur zu gut, daß zu solchem Verfahren keinerlei Gründe vorlagen.

Als die junge Frau seine Bestürzung sah, fragte sie: »Willst Du uns nun weitergehen lassen?«

Der Kriegsknecht zog schweigend den Speer zurück, mit dem er die Toröffnung versperrt hatte, und trat beiseite.

Nun zog die Frau ihr Kleid wieder über die Blumen und betrachtete zugleich das, was sie im Arm trug, mit einem holden Lächeln. »Ich wußte, daß Du nichts Böses tun könntest, wenn Du dies zu sehen bekämst,« sprach sie zu dem Kriegsknecht.

Dann eilten sie von dannen, der Kriegsknecht aber blickte ihnen nach, solange sie noch in Sehweite waren.

Und während er ihnen mit den Augen folgte, glaubte er wieder ganz sicher zu sein, daß sie nicht ein Bund Lilien, sondern ein wirkliches, lebendes Kind in ihrem Arm trüge.

Wie er nun dastand und den beiden Wanderern nachschaute, hörte er von der Gasse her laute Rufe erschallen. Voltigius und einige Leute seiner Mannschaft kamen angejagt.

»Halte sie fest!« riefen sie. »Verschließe das Tor vor ihnen! Laß sie nicht entkommen!«

Und als sie vor dem Kriegsknecht standen, berichteten sie, daß sie die Spur des entronnenen Knaben entdeckt hätten. Eben hätten sie ihn in seinem Heim gesucht, aber er sei von dort wieder entflohen. Sie hätten seine Eltern mit ihm forteilen sehen. Der Vater sei ein kräftiger Mann mit graugesprenkeltem Bart, und er trage eine Axt. Die Mutter sei ein junges, hochgewachsenes Weib, das unter dem hochgenommenen Kleid ein Kind verborgen halte.

In demselben Augenblick, als Voltigius dies berichtete, kam ein Beduine auf einem guten Pferde durch das Tor geritten. Der Kriegsknecht stürzte, ohne ein Wort zu reden, auf den Reiter zu. Er riß ihn mit Gewalt vom Pferde herab und warf ihn zu Boden, dann schwang er sich mit einem Satz selber in den Sattel und jagte davon.

*

Einige Tage später ritt der Kriegsknecht durch die furchtbare Felsenwüste, die den südlichen Teil Judäas bildet. Noch immer verfolgte er die drei bethlehemitischen Flüchtlinge und war außer sich, daß noch kein Ende der fruchtlosen Jagd abzusehen war.

»Es hat wahrhaftig den Anschein, als vermöchten diese Leute in die Erde zu versinken,« sprach er grollend. »Wie oft war ich ihnen in diesen Tagen so dicht auf den Fersen, daß ich dem Kinde meinen Speer nachschleudern wollte, und gleichwohl sind sie mir stets entkommen! Ich fürchte beinahe, daß ich niemals bis zu ihnen gelangen werde.«

Er fühlte sich mutlos wie jemand, der zu erkennen glaubt, daß er gegen etwas Uebermächtiges ankämpft. Er fragte sich, ob es wohl möglich wäre, daß die Götter diese Menschen vor ihm beschützten.

»Es ist eitle Mühe. Lieber kehre ich um, als daß ich in diesem wüsten Lande vor Hunger und Durst sterbe,« sagte er sich wieder und wieder.

Dann aber packte ihn Angst, wenn er daran dachte, was ihm bei einer Heimkehr unverrichteter Dinge bevorstände. Gerade *er* hatte schon zweimal das Kind entrinnen lassen. Es war nicht anzunehmen, daß Voltigius oder Herodes ihm das verzeihen würden.

»Solange Herodes weiß, daß noch eins der bethlehemitischen Kinder lebt, wird ihn stets dieselbe Furcht peinigen,« sagte sich der Kriegsknecht. »Es ist höchst wahrscheinlich, daß er mich zur Linderung seiner Qual kreuzigen lassen wird.«

Das war in der glühenden Mittagsstunde, und er litt entsetzlich, während er diese baumlose Felsengegend auf einem Pfade durchritt, der sich durch tiefe Talschluchten hinschlängelte, in denen sich kein Lüftchen regte. Pferd und Reiter waren dem Umsinken nahe.

Seit einigen Stunden hatte der Kriegsknecht jede Spur der Flüchtlinge verloren, und er war mutloser als je zuvor.

»Ich muß es aufgeben,« meinte er. »Ich glaube wahrhaftig, daß es nicht der Mühe wert ist, sie noch weiter zu verfolgen. In dieser entsetzlichen Wüstenei müssen sie ja ohnehin umkommen.«

Während er darüber nachsann, gewahrte er eine Felswand nahe am Wege, die den gewölbten Eingang zu einer Höhle zeigte.

Er lenkte sein Pferd sogleich dorthin und meinte: »In dieser kühlen Felsenhöhle werde ich eine Weile ausruhen. Vielleicht kann ich dann mit frischen Kräften die Verfolgung fortsetzen.«

Als er in die Höhle treten wollte, bot sich ihm ein überraschender Anblick. Zu beiden Seiten des Einganges wuchs je eine schöne Lilienstaude. Dort standen sie rank und schlank, von Blüten übersät. Ein berauschender Honigduft entströmte ihnen, und eine Menge von Bienen summte in ihren Kelchen.

In dieser Wüste wirkte der Anblick so außerordentlich, daß auch der Kriegsknecht etwas ganz Ungewöhnliches tat. Er pflückte eine große, weiße Blüte und nahm sie mit in die Felsenhöhle.

Die Höhle war weder tief noch dunkel, und sobald er unter die Wölbung trat, sah er, daß sich drinnen schon drei Wanderer befanden: ein Mann, ein Weib und ein Kind, die in tiefem Schlafe ausgestreckt auf der Erde ruhten.

Noch nie zuvor hatte der Kriegsknecht ein solches Herzklopfen verspürt, wie jetzt vor diesem Bilde. Das waren ja gerade die drei Flüchtlinge, die er so lange verfolgt hatte. Sofort erkannte er sie wieder. Und hier lagen sie nun schlafend, außerstande, sich zu wehren, gänzlich in seiner Gewalt!

Rasselnd fuhr sein Schwert aus der Scheide, und er beugte sich über das schlummernde Kind.

Er senkte sein Schwert langsam auf seine Brust hinab und zielte genau nach dem Herzen, um es mit einem einzigen Stoß zu durchbohren.

Mitten im Stoß zögerte er einen Augenblick, um des Kindes Antlitz zu sehen. Da er nun seines Sieges sicher war, gewährte es ihm eine grausame Freude, sein Opfer zu betrachten.

Als er aber das Kind deutlich sah, war seine Freude, wenn möglich, noch viel größer, denn er hatte den kleinen Knaben wiedererkannt, den er auf dem Felde vor dem Stadttor mit Bienen und Lilien spielend gesehen hatte.

»Ja, gewiß,« meinte er, »das hätte ich von Anfang an wissen können. Darum habe ich dieses Kind stets so gehaßt. Das ist ja der verheißene Friedensfürst.«

Wieder senkte er das Schwert und sagte sich: »Wenn ich den Kopf des Kindes vor Herodes' Füße lege, so wird er mich zum Anführer seiner Leibwache machen.«

Während er dem schlafenden Kinde die Schwertspitze immer näher brachte, sprach er froh zu sich selber: »Diesmal zum mindesten wird niemand dazwischen kommen, um ihn meiner Macht zu entreißen.«

Aber der Kriegsknecht hielt noch immer die Lilie in seiner Hand, die er am Eingang der Höhle gepflückt hatte, und während er noch so in Gedanken versunken dastand, flog eine Biene, die im Blumenkelche versteckt gewesen war, zu ihm empor und umschwärmte summend seinen Kopf.

Der Kriegsknecht fuhr zurück. Er gedachte der Bienen, die der Knabe zu ihrem Heim getragen hatte, und er dachte auch daran, daß es eine Biene gewesen war, die dem Kinde geholfen hatte, vom Gastmahl des Herodes zu entrinnen.

Dieser Gedanke machte ihn ganz bestürzt. Er hielt sein Schwert ruhig in der Hand und horchte auf die Biene.

Das Tierchen hatte indessen aufgehört zu summen. Und während er so ganz stille dastand, fiel ihm der starke, liebliche Duft auf, der der Lilie in seiner Hand entströmte.

Da gedachte er plötzlich der Lilien, denen der kleine Knabe beigestanden hatte, und er besann sich auch, daß es ein Bund Lilien gewesen war, die das Kind seinen Blicken verborgen und ihm geholfen hatten, durch das Stadttor zu entfliehen.

Er wurde immer nachdenklicher und zog das Schwert zurück.

»Die Bienen und die Lilien haben ihm seine Wohltaten vergolten,« flüsterte er vor sich hin.

Und er dachte daran, daß der Kleine einmal auch ihm eine Wohltat erwiesen hatte, und eine tiefe Röte stieg ihm ins Gesicht.

»Kann ein römischer Legionär es jemals vergessen, einen ihm erwiesenen Dienst zu vergelten?« flüsterte er.

Er kämpfte einen kurzen Kampf mit sich selber. Er dachte an Herodes und an seinen eigenen Wunsch, den jungen Friedensfürsten zu vernichten.

»Es steht mir nicht an, dieses Kind zu töten, das mein Leben gerettet hat,« sagte er sich zu guter Letzt.

Und er beugte sich nieder und legte sein Schwert an des Kindes Seite hin, auf daß die Flüchtlinge beim Erwachen erkennen mochten, welcher Gefahr sie entronnen waren.

Da sah er, daß das Kind erwacht war. Es schaute ihn mit seinen schönen Augen an, die gleich Sternen erglänzten.

Und der Kriegsknecht beugte ein Knie vor dem Kinde.

»Herr, Du bist der Mächtige,« sprach er. »Du bist der starke Held. Du bist der von den Göttern Geliebte. Du bist jener, der auf Schlangen und Skorpione treten kann.«

Er küßte des Kindes Füßchen und schritt dann leise aus der Höhle, während der Kleine ihm mit großen, verwunderten Kinderaugen nachschaute.

Die Flucht nach Aegypten

In weiter Ferne, in einer der Wüsten des Morgenlandes wuchs vor vielen, vielen Jahrhunderten eine Palme, die mächtig alt und riesig hoch war. Alle, die durch die Wüste zogen, mußten stehen bleiben, um sie zu betrachten, denn sie war sehr viel größer als alle anderen Palmen, und man pflegte von ihr zu sagen, daß sie gewißlich noch höher emporragen würde als die Obelisken und Pyramiden.

Wie nun die hohe Palme in ihrer Einsamkeit dastand und über die Wüste hinschaute, bekam sie eines Tages etwas zu sehen, worüber sie vor Verwunderung ihre gewaltige Blätterkrone auf dem schlanken Stamme hin und her wiegte. Fern am Wüstensaume kamen zwei einzelne Menschen hergewandert. Sie waren noch in einem Abstand, in dem sogar Kamele so klein wie Ameisen erscheinen, aber zwei Menschen waren es ganz gewiß. Zwei, die Fremdlinge in dieser Wüste waren, denn die Palme kannte die Wüstenanwohner genau.

Ein Mann näherte sich mit einem Weibe. Sie hatten weder Wegführer noch Lasttiere, weder Zelte noch Wasserschläuche mit sich.

»Wahrlich, die beiden sind hergekommen, um zu sterben,« sprach die Palme leise vor sich hin. Sie blickte rasch umher.

»Es wundert mich,« sagte sie, »daß die Löwen nicht schon darauf aus sind, diese Beute zu erjagen. Aber ich sehe nicht einen einzigen heranspringen. Ich sehe auch gar keine Wüstenräuber. Doch sie kommen wohl noch.«

»Ein siebenfacher Tod harret ihrer,« meinte die Palme. »Die Löwen werden sie fressen, die Schlangen werden sie durch ihren Biß töten, der Durst wird sie ausdorren, der Samum wird sie begraben, die Räuber werden sie hinschlachten, die Sonnenglut wird sie verbrennen, die Furcht wird sie umbringen.«

Und sie versuchte, an anderes zu denken. Das Geschick dieser Menschen bekümmerte sie.

Aber der weite Wüstenraum, der sich unter der Palme hinbreitete, bot ihr nichts, was sie nicht schon seit tausend Jahren gekannt und betrachtet hätte. Nichts vermochte ihre Aufmerksamkeit zu fesseln. Sie mußte wiederum an die beiden Wanderer denken.

»Bei der Dürre und dem Sturm,« sprach die Palme (des Lebens gefährlichste Feinde anrufend), »was trägt denn nur dieses Weib auf den Armen? Ich glaube gar, diese Toren führen auch noch ein kleines Kind mit sich!«

Die Palme, die weitsichtig war, wie es alte Leute zu sein pflegen, hatte wirklich recht gesehen. Die Frau trug auf ihren Armen ein Kind, das sein Köpfchen an ihre Schulter gelehnt hatte und schlief.

»Das Kind ist nicht einmal vollständig bekleidet,« sprach die Palme. »Ich erkenne, daß die Mutter ihren Rock hochgehoben und über das Kind geworfen hat. Sie hat es in aller Eile aus dem Bettchen gerissen, um mit ihm wegzustürzen. Jetzt verstehe ich alles: diese Menschen sind auf der Flucht.«

»Und dennoch sind sie Toren,« fuhr die Palme fort. »Wenn kein Engel sie beschützt, hätten sie besser daran getan, sich dem schlimmsten Tun ihrer Feinde zu unterwerfen, als sich in die Wüste hinaus zu wagen.

»Ich kann es mir vorstellen, wie alles zugegangen ist. Der Mann stand bei seiner Arbeit, das Kind schlief in der Wiege, die Frau war ausgegangen, um Wasser zu holen. Sobald sie aus der Tür tretend zwei Schritte weit gegangen war, sah sie Feinde heraneilen. Sie stürzte zurück, sie riß das Kind an sich und rief dem Manne zu, ihr zu folgen, dann machte sie sich davon. Seither sind sie schon tagelang auf der Flucht und haben keinen Augenblick gerastet und geruht. Ja, so wird alles zugegangen sein, und dennoch sage ich, wenn kein Engel sie behütet – – –

»Sie sind so verängstigt, daß sie weder Müdigkeit noch andere Leiden verspüren können, aber ich erkenne, daß der Durst in ihren Augen brennt. *Ich* muß mich doch wohl in dem Gesicht eines verdurstenden Menschen auskennen.«

Und als die Palme an den Durst dachte, ging ein krampfhaftes Beben durch ihren hohen Stamm, und die zahllosen Spitzen ihrer langen Blätter rollten sich zusammen, als würden sie über Feuersglut gehalten.

»Wäre ich ein Mensch,« sagte sie, »so würde ich mich niemals in die Wüste hinauswagen. Hohen Mutes ist, wer sich hier hinausbegibt, ohne Wurzeln zu haben, die bis zu den niemals versiegenden Wasseradern hinabreichen. Hier kann es sogar für Palmen gefährlich werden. Auch für eine solche Palme wie ich es bin.

»Wenn ich ihnen einen Rat geben könnte, würde ich sie veranlassen, umzukehren. Ihre Feinde können nie so grausam gegen sie sein wie die Wüste. Vielleicht halten sie es für leicht, in der Wüste zu leben. Ich aber weiß, daß es sogar mir zuzeiten schwer geworden ist, mein Leben zu erhalten. Ich entsinne mich noch, wie einst in meiner Jugend der Samum einen ganzen Berg von Sand über mich warf. Ich wäre fast erstickt. Und wenn ich hätte sterben dürfen, so wäre es meine letzte Stunde gewesen.«

Die Palme fuhr fort laut zu denken, wie alte Einsiedler tun.

»Ich höre ein wundersam melodisches Rauschen durch meine Krone ziehen,« sprach sie. »Alle Spitzen meiner Blätter müssen in Schwingung geraten sein. Ich weiß nicht, was mich beim Anblick dieser armen Fremdlinge durchbebt. Aber die traurige Frau ist so schön. Sie bringt mir das wunderbarste Geschehnis meines Lebens in Erinnerung.«

Und während die Blätter fortfuhren in einer leisen Melodie zu rauschen, erinnerte sich die Palme, wie einst vor langer, langer Zeit zwei strahlend schöne Menschen diese Oase besucht hatten. Es war die Königin von Saba, die in Begleitung des weisen Salomo hierher gekommen war. Die schöne Königin sollte in ihr Land zurückkehren, der König hatte sie des Weges geleitet, und nun sollten sie von einander scheiden.

»Zur Erinnerung an diese Stunde« sprach die Königin, »senke ich nun einen Dattelkern in die Erde, und ich will, daß daraus eine Palme erstehe, die wachsen und gedeihen soll, bis im Lande Judäa ein König ersteht, der erhabener ist als Salomo.« Und bei diesen Worten senkte sie den Kern in die Erde, und ihre Tränen netzten ihn.

»Woher kommt es wohl, daß ich gerade heute daran denken muß?« sagte die Palme. »Sollte diese Frau so schön sein, daß sie mich an die herrlichste aller Königinnen gemahnt, an sie, auf deren Geheiß ich bis zum heutigen Tage wuchs und gedieh?

»Ich höre meine Blätter immer stärker rauschen, und es klingt wehmutsvoll wie eine Totenklage. Es ist, als prophezeiten sie, daß jemand bald aus dem Leben scheiden würde. Es ist gut zu wissen, daß es nicht mir gilt, da ich ja nicht sterben kann.«

Die Palme glaubte, das Todesrauschen der Blätter müsse den beiden einsamen Wanderern gelten. Sicher glaubten sie auch selber, daß ihre letzte Stunde gekommen sei. Das erkannte man an ihrem Gesichtsausdruck, als sie an einem der Kamelskelette vorbeiwankten, die den Weg begrenzten. Man sah es auch an den Blicken, die sie ein paar vorbeifliegenden Geiern nachsandten. Es konnte ja nicht anders sein. Sie mußten hier elend umkommen.

Nun hatten sie die Palme und die Oase erblickt und eilten dorthin, um Wasser zu finden. Als sie aber endlich ihr Ziel erreicht hatten, brachen sie in Verzweiflung zusammen, denn die Quelle war versiegt. Die todesmatte Frau legte ihr Kind nieder und setzte sich weinend an den Rand der Quelle. Der Mann warf sich neben ihr hin und hämmerte mit beiden Fäusten gegen den dürren Erdboden. Die Palme vernahm, wie sie davon redeten, daß sie sterben müßten.

Sie vernahm auch aus ihrem Gespräch, daß König Herodes alle Knaben von zwei bis drei Jahren töten ließ, weil er fürchtete, daß der große, erwartete König der Juden schon geboren sei.

»Es rauscht immer stärker in meinen Blättern,« sprach die Palme. »Diese armen Flüchtlinge werden bald ihr letztes Stündlein nahen sehn.«

Sie vernahm nun auch, daß die Wüste ihnen Furcht einflößte. Der Mann sagte, es wäre besser gewesen, dort zu bleiben und mit den Kriegsknechten zu kämpfen, als hierher zu fliehen. Er sagte, daß sie dann einen leichteren Tod gehabt hätten.

»Gott wird uns beistehen,« sagte die Frau.

»Wir sind allein unter Raubtieren und Schlangen,« entgegnete der Mann. »Wir haben weder Speise noch Trank. Wie soll Gott uns helfen können?«

Voller Verzweiflung zerriß er seine Kleider und preßte das Gesicht gegen den Erdboden. Er war hoffnungslos wie ein Mensch mit der Todeswunde im Herzen.

Die Frau saß aufrecht, die Hände über den Knien gefaltet. Aber die Blicke, die sie über die Wüste hinschweifen ließ, zeugten von grenzenlosem Jammer.

Die Palme hörte, wie das wehmutsvolle Rauschen in ihren Blättern immer stärker wurde. Die Frau mußte es auch vernommen haben, denn sie richtete ihre Blicke zur Baumkrone empor. Und zugleich streckte sie unwillkürlich ihre Arme und Hände aus.

»O, Datteln, Datteln!« rief sie.

Es lag dabei ein so sehnsüchtiges Verlangen in ihrer Stimme, daß die alte Palme gewünscht hätte, sie wäre nicht höher als ein Ginsterbusch und ihre Datteln so leicht erreichbar wie die Früchte am Dornenstrauch. Sie wußte zwar, daß ihre Krone voll von Dattelbüscheln hing, wie sollten aber die Menschen zu dieser schwindelnden Höhe hinaufgelangen?

Der Mann hatte schon bemerkt, wie unerreichbar hoch die Dattelbüschel hingen. Er hob nicht einmal den Kopf empor, aber er bat die Frau, nicht Unmögliches zu begehren.

Doch das Kind, das nun allein umhertrippelte und mit Reisig und Halmen spielte, hatte den Ausruf der Mutter vernommen.

Der Kleine konnte es sich wohl nicht vorstellen, daß seine Mutter nicht alles bekommen könnte, was sie sich wünschte. Sobald von den Datteln gesprochen wurde, begann er den Baum anzustarren. Er überlegte und sann nach, wie er wohl die Datteln herunterbekommen könnte. Seine Stirn zog sich unter den blonden Locken in Falten. Endlich überflog ein Lächeln sein Gesichtchen. Er hatte das rechte Mittel gefunden. Auf die Palme zuschreitend, liebkoste er sie mit seiner kleinen Hand und sprach mit seiner holden, kindlichen Stimme:

»Palme, beuge Dich! Palme, neige Dich!«

Aber was war das nur, was war das?

Die Palmenblätter rauschten, als wäre ein Orkan über sie hingebraust, und Schauer um Schauer durchrieselte den hohen Palmenstamm. Die Palme erkannte, daß der Kleine übermächtig war. Sie vermochte nicht, ihm zu widerstehen.

Und mit ihrem hohen Stamm neigte sie sich vor dem Kinde, wie man sich vor Fürsten neigt. In einem gewaltigen Bogen senkte sie sich zur Erde herab und lag endlich so tief, daß die große Krone mit den bebenden Blättern den Wüstensand streifte.

Das Kind schien weder erschrocken noch verwundert zu sein, es lief nur mit einem Freudenruf herbei und löste Frucht auf Frucht von der alten Palmenkrone.

Als das Kind genug hatte und den Baum noch immer am Boden liegen sah, kam es nochmals zurück, streichelte ihn und rief mit der lieblichsten Stimme: »Palme, erhebe Dich! Palme, erhebe Dich!«

Und der große Baum erhob sich still und voller Ehrfurcht auf seinem biegsamen Stamm, während die Blätter gleich Harfen erklangen.

»Nun weiß ich, für wen sie die Totenklage spielen,« sprach die alte Palme vor sich hin, als sie wieder aufrecht stand. »Es geschieht nicht für einen von diesen Menschen.«

Aber der Mann und das Weib lagen auf den Knien und lobeten Gott:

»Du hast unsere Angst gesehen und sie von uns genommen. Du bist der Mächtige, der den Stamm der Palme beugt wie ein Weidenrohr. Vor welchen Feinden sollten wir bangen, wenn Deine Macht uns schützt?«

Als die nächste Karawane durch die Wüste zog, sahen die Reisenden, daß die Blätterkrone der großen Palme verdorrt war.

»Wie konnte das geschehen?« fragte einer. »Diese Palme sollte ja nicht sterben, ehe sie einen König gesehen hätte, der mächtiger wäre als Salomo.«

»Sie hat ihn wohl gesehen,« antwortete ein anderer unter den Wüstenwanderern.

Zu Nazareth

Als Jesus erst fünf Jahre alt war, saß er einmal auf der Schwelle vor seines Vaters Werkstatt und war damit beschäftigt, Tonkuckucke anzufertigen, die er aus einem Klumpen geschmeidigen Tons knetete, den er von dem gegenüber wohnenden Töpfer erhalten hatte.

Er war so glücklich wie niemals zuvor, denn alle Kinder dieses Stadtviertels hatten Jesus erzählt, daß der Töpfer ein sehr unfreundlicher Mann wäre, der sich weder durch flehende Blicke noch durch süße Worte etwas abschmeicheln ließe, und er hatte niemals gewagt, ihm eine Bitte vorzutragen. Aber siehe da, er wußte kaum, wie es zugegangen war! Er hatte nur auf seiner Treppe gestanden und voll Sehnsucht dem Nachbar zugeschaut, wie er an seinen Formen arbeitete, da war dieser auch schon aus seiner Werkstatt getreten und hatte ihm so viel Ton geschenkt, daß man davon einen großen Weinkrug hätte anfertigen können.

Auf der Treppe vor dem nächsten Hause saß Judas, der häßlich und rothaarig war, sein Gesicht zeigte blaue Flecke und die Kleider waren voller Risse, die hatte er sich bei seinen ständigen Kämpfen und Balgereien mit den Straßenjungen geholt. Für den Augenblick verhielt er sich jedoch ruhig, er ärgerte niemanden und balgte sich mit keinem herum, sondern beschäftigte sich, ganz wie Jesus, mit einem Stück Ton.

Allerdings hatte er sich den nicht selber verschaffen können: er wagte kaum, sich dem Töpfer auch nur zu zeigen, denn dieser beklagte sich stets darüber, daß Judas Steine nach seinen zerbrechlichen Waren zu werfen pflege, und er hätte ihn sicher mit Stockprügeln weggejagt; Jesus aber hatte seinen Vorrat mit ihm geteilt.

Alle fertig gekneteten Tonkuckucke stellten die beiden Kinder im Kreise vor sich auf. Sie sahen so aus, wie Tonkuckucke zu allen Zeiten ausgesehen haben: an Stelle der Füße hatten sie einen großen runden Klumpen, um darauf zu steh'n, sie hatten kurze Schwänze, keinen Hals und kaum erkennbare Flügel.

Aber jedenfalls zeigte sich sofort ein Unterschied in der Arbeit der kleinen Gefährten.

Die Vögel des Judas waren so schief, daß sie immer wieder umkippten, und wie eifrig er auch mit seinen kleinen, harten Fingern daran herumknetete, vermochte er es nicht, ihre Körper niedlich und wohlgestalt zu machen. Zuweilen blickte er verstohlen nach Jesus hin, um zu sehen, wie er es fertig brachte, seine Vögel so gleichmäßig und glatt zu formen wie die Eichenblätter in den Wäldern auf dem Berge Tabor.

Je mehr Vögel Jesus anfertigte, desto glücklicher wurde er. Einer erschien ihm immer schöner als der andere, und er betrachtete sie alle voll Stolz und Liebe. Sie sollten seine Spielgenossen werden, seine kleinen Geschwister, sie sollten in seinem Bettchen schlafen, ihm Gesellschaft leisten, ihm in Abwesenheit seiner Mutter ihre Lieder vorsingen.

Niemals hatte er sich so reich geglaubt, nie würde er sich mehr einsam und verlassen fühlen können.

Der hochgewachsene Wasserträger schritt gebeugt unter seinem schweren Wasserschlauch vorüber, und gleich hinter ihm her kam der Gemüsehändler, der schaukelnd auf dem Rücken seines Esels saß, mitten zwischen den großen, leeren Weidenkörben. Der Wasserträger legte seine Hand auf Jesus' hellockiges Köpfchen und fragte ihn nach seinen Vögeln. Jesus aber erzählte ihm, daß sie Namen hätten, und singen könnten. Alle seine kleinen Vögel seien aus fremden Ländern zu ihm hergeflogen, und sie berichteten ihm allerlei, wovon nur sie und er etwas wüßten. Und Jesus redete so, daß der Wasserträger und der Gemüsehändler eine ganze Weile ihrer Arbeit gar nicht gedachten, um ihm zu lauschen.

Als sie aber weiterziehen wollten, wies Jesus auf Judas:

»Seht, wie schöne Vögel Judas macht!«

Da hielt der Gemüsehändler gutmütig seinen Esel an und fragte Judas, ob auch seine Vögel Namen hätten und singen könnten.

Judas aber wußte nichts darüber zu sagen. Er schwieg beharrlich und hob den Blick nicht von seiner Arbeit, und der Gemüsehändler zertrat ärgerlich einen seiner Vögel und ritt weiter.

Und so verging der Nachmittag. Die Sonne sank tief hinab, und ihr Schein drang durch das niedrige Stadttor, das sich, mit einem römischen Adler geschmückt, am Ende der Gasse erhob.

Dieser Sonnenschein, der mit dem sinkenden Tage kam, war ganz rosenrot: und als sei er mit Blut vermischt, verlieh er seine Farbe allem, was ihm in den Weg kam, während er die schmale Gasse durchzitterte. Er malte sowohl des Töpfers Krug als auch die Holzbohle, die unter des Zimmermanns Säge knirschte, und das weiße Schleiertuch, das Marias Antlitz umrahmte.

Jedoch am allerschönsten schimmerte der Sonnenschein in den kleinen Wasserpfützen, die sich zwischen den großen ungleichen Steinfliesen des Straßenpflasters angesammelt hatten. Und ganz plötzlich steckte Jesus seine kleine Hand in die ihm zunächst liegende Wasserlache.

Es kam ihm eben in den Sinn, daß er seine grauen Vögelchen mit dem funkelnden Sonnenschein anmalen möchte, der dem Wasser, den Häusermauern, ja, allem ringsumher so schöne Farben verliehen hatte.

Da machte sich der Sonnenschein ein wahres Vergnügen daraus, sich wie Farbe aus einem Malertiegel herausholen zu lassen, und als Jesus die kleinen Tonvögelchen damit bestrich, blieb er ruhig darauf liegen und hüllte sie von Kopf bis Fuß in diamantenähnlichen Glanz.

Judas, der ab und zu einen Blick hinüber zu Jesus warf, um zu sehen, ob dieser mehr und schönere Vögel mache als er selber, stieß einen Ruf des Entzückens aus, als er bemerkte, daß Jesus seine Tonkuckucke mit dem Sonnenschein bemalte, den er aus den Wasserlachen der Gasse aufnahm.

Und auch Judas tauchte seine kleine Hand in das schimmernde Wasser und suchte den Sonnenschein aufzufangen.

Aber der Sonnenschein ließ sich von ihm nicht greifen. Er entglitt seinen Fingern, und wie geschwind er auch seine Hände zu bewegen suchte, um ihn zu fassen, entrann ihm der Sonnenschein dennoch, und er konnte seinen armen Vögeln kein Tüpfchen Farbe verschaffen.

»Warte, Judas!« rief Jesus. »Ich werde hinkommen, um Deine Vögel anzumalen.«

»Nein,« sagte Judas, »Du sollst sie nicht berühren, sie sind gut genug, so wie sie eben sind.« Er stand auf, runzelte seine Augenbrauen und biß die Lippen fest zusammen. Dann setzte er seinen breiten Fuß auf die Vögel und zerstampfte sie, einen nach dem anderen, zu einem kleinen abgeplatteten Lehmklumpen.

Nachdem alle seine kleinen Vögel vernichtet waren, trat er zu Jesus hin, der seine Vögelchen, die wie Juwelen funkelten, liebkoste.

Judas betrachtete sie eine Weile in tiefem Schweigen, dann aber hob er den Fuß und zertrat einen davon.

Als Judas den Fuß zurückzog und den ganzen kleinen Vogel in grauen Lehm verwandelt sah, fühlte er eine solche Erleichterung, daß er zu lachen begann, und er hob den Fuß, um noch einen zu zertreten.

»Judas!« rief Jesus, »was tust Du da? Weißt Du denn nicht, daß sie leben und singen können?«

Aber Judas lachte nur und zertrat noch einen Vogel.

Jesus blickte nach Rettung umher. Judas war groß und stark, und Jesus hatte nicht die Kraft, ihn zurückzuhalten. Er schaute nach seiner Mutter aus. Sie war nicht weit entfernt, aber ehe sie ihn erreichte, konnte es Judas gelingen, alle seine Vögel zu zerstören.

Jesu Augen füllten sich mit Tränen. Schon hatte Judas vier seiner Vögel zertreten, nur noch drei blieben übrig.

Und es betrübte ihn, daß seine Vögel so ruhig dastanden und sich zertreten ließen, ohne der Gefahr zu achten.

Jesus klatschte in die Händchen, um sie zu erwecken, und rief ihnen zu:

»Fliegt, fliegt!«

Da begannen die drei Vögelchen ihre kleinen Schwingen zu regen, und ängstlich flatternd schwangen sie sich zum Dachesrand empor, wo sie in Sicherheit waren.

Als aber Judas sah, daß die Vögel auf Jesu Geheiß die Flügel hoben und flogen, begann er bitterlich zu weinen.

Er zerraufte sein Haar, wie er es bei den alten Leuten sah, wenn sie in großer Sorge und schwerem Kummer waren, und warf sich zu Jesu Füßen nieder.

Und Judas blieb dort liegen und wälzte sich vor Jesus im Staube wie ein Hund, küßte seine Füße und flehte, daß er seinen Fuß heben und ihn zertreten möge, wie er selber die Tonvögel zertreten hatte.

Denn Judas liebte Jesus und bewunderte und betete ihn an und haßte ihn doch zugleich.

Aber Maria, die während der ganzen Zeit das Spiel der Kinder beobachtet hatte, stand jetzt auf, hob Judas empor, setzte ihn auf ihr Knie und liebkoste ihn.

»Du armes Kind!« sprach sie zu ihm. »Du weißt nicht, daß Du etwas versucht hast, was kein Geschöpf vermag. Laß Dir niemals mehr einfallen, dergleichen zu tun, wenn Du nicht der unglücklichste aller Menschen werden willst! Wie würde es wohl dem unter uns ergehen, der es unternähme, mit ihm zu wetteifern, mit ihm, der mit dem Sonnenschein malt und der dem toten Lehm den Odem des Lebens einhaucht?«

Im Tempel

Es waren einmal arme Leute, ein Mann, ein Weib und deren kleiner Sohn. Die gingen in dem großen Tempel zu Jerusalem umher. Der Sohn war ein ungewöhnlich schönes Kind. Er hatte weichgelocktes, langes Haar und seine Augen strahlten wie Sterne.

Man hatte ihn nicht eher in den Tempel gebracht, als bis er groß genug war, um alles zu begreifen, was er dort sah, und nun waren seine Eltern mit ihm gekommen, ihm alle die Pracht und Herrlichkeit zu zeigen. Da gab es lange Reihen von Säulen und vergoldete Altäre, da gab es heilige Männer, die ihre Schüler belehrten, da war der Hohepriester mit seinem Brustschild von Edelsteinen, da gab es Vorhänge aus Babylon, die mit goldenen Rosen durchwirkt waren, da sah man die mächtigen Kupferpforten, die so schwer waren, daß dreißig Männer Mühe hatten, sie in ihren Angeln hin und herzuschwingen.

Aber der Knabe, der erst zwölf Jahre war, machte sich nicht viel daraus, all dies zu sehn. Seine Mutter erzählte ihm, daß alles, was sie ihm hier zeigten, das Merkwürdigste auf dieser Welt sei. Sie sagte ihm, es würde nun wohl sehr lange dauern, ehe er noch einmal so etwas zu sehen bekäme. In dem ärmlichen Nazareth, wo sie wohnten, konnte man nur die grauen Gassen angucken.

Doch ihre Ermahnungen halfen nicht recht. Der kleine Knabe sah so aus, als würde er gern aus dem herrlichen Tempel fortlaufen, wenn er nur in den engen Gassen von Nazareth hätte spielen dürfen.

Seltsam aber war, daß die Eltern immer vergnügter und froher wurden, je gleichgültiger der Knabe sich gebärdete. Sie winkten einander über seinen Kopf hinweg zu und waren eitel Zufriedenheit.

Schließlich sah der Kleine so matt und erschöpft aus, daß die Mutter glaubte, man hätte ihm zuviel zugemutet, und sie sprach: »Wir sind zu lange mit Dir umhergegangen. Komm, Du mußt Dich nun ein Weilchen gut ausruhen!«

Sie setzte sich an einer Säule nieder und sagte ihm, er solle sich auf die Erde legen und den Kopf in ihren Schoß betten. Das tat er auch und schlummerte sofort ein. Gleich darauf sagte die Frau zu dem Manne: »Ich habe mich vor nichts so geängstigt, wie vor der Stunde, die ihn in den Tempel von Jerusalem führen sollte. Ich glaubte, er würde für immer hier bleiben wollen, sobald er das Gotteshaus zu sehen bekäme.«

Und der Mann sprach: »Auch ich habe diese Reise gefürchtet. Zur Zeit seiner Geburt geschahen viele Zeichen und Wunder, die darauf hindeuteten, daß er ein mächtiger Herrscher werden soll. Aber was könnte die Königswürde ihm wohl anderes bringen als Sorgen und Gefahren? Ich habe es stets gesagt, daß es für ihn und für uns das beste wäre, wenn er nichts anderes würde als ein einfacher Zimmermann in Nazareth.«

»Seit seinem fünften Jahr«, antwortete die Mutter bedächtig, »sind keine Wunder um seinetwillen geschehen. Und er selber erinnert sich an nichts von alledem, was in seiner frühen Kindheit sich zugetragen hat. Er ist jetzt ganz wie ein Kind unter Kindern. Gottes Wille geschehe, aber ich fange fast an zu hoffen, daß der Herr in seiner Gnade einen anderen für die großen Schicksale auserwählen wird und mein Sohn bei mir bleiben darf.«

»Was mich betrifft,« sagte der Mann, »so bin ich sicher, daß wir nicht zu bangen brauchen, wenn er nur nichts von den Zeichen und Wundern erfährt, die sich in seinen ersten Lebensjahren begeben haben.«

»Ich spreche mit ihm niemals über all das Wunderbare,« sagte die Frau. »Dennoch fürchte ich stets, daß sich ohne mein Dazutun irgend etwas ereignen könnte, was ihn darüber aufklären wird, wer er ist. Vor allem fürchtete ich, ihn in diesen Tempel zu bringen.«

»Du kannst Dich freuen, daß die Gefahr überstanden ist,« entgegnete der Mann. »Bald haben wir ihn wieder bei uns in Nazareth.«

»Ich habe mich vor den Weisen im Tempel gefürchtet,« sprach die Frau. »Ich hatte Angst vor den Wahrsagern, die hier auf ihren Betteppichen sitzen. Ich glaubte, wenn er ihnen vor Augen käme, würden sie sich erheben, sich vor dem Kinde neigen und es als den König des Landes

Judäa grüßen. Es ist sonderbar, daß sie seine Herrlichkeit nicht erkennen. Ist ihnen doch ein solches Kind noch niemals vor Augen gekommen!«

Eine Weile saß sie schweigend da und betrachtete das Kind. »Ich kann es kaum verstehen,« sagte sie schließlich. »Ich glaube, wenn er diese Richter zu sehen bekäme, die im Hause des Geheiligten sitzen, um die Zwistigkeiten der Leute zu schlichten, und diese Lehrer, die zu ihren Schülern reden, und diese Priester, die dem Herrn dienen, so würde er aufwachen und sagen: ›Hier ist es, um hier unter diesen Richtern, diesen Lehrern, diesen Priestern zu leben, bin ich geboren worden.‹«

»Was wäre das wohl für ein Glück, inmitten dieser Säulengänge eingesperrt zu sitzen?« unterbrach sie der Mann. »Für ihn ist es besser, auf den Hügeln und Bergen bei Nazareth umherzuschweifen.«

Die Mutter seufzte ein wenig und sprach: »Bei uns daheim ist er so glücklich. Wie zufrieden ist er, wenn er den Schafherden auf ihren einsamen Wanderungen folgen darf, oder wenn er auf die Felder hinausgehen kann, um der Arbeit der Landleute zuzuschauen! Ich kann es nicht glauben, daß wir unrecht gegen ihn handeln, wenn wir ihn für uns selber zu behalten suchen.«

»Wir ersparen ihm nur das größte Leid,« antwortete der Mann.

Sie fuhren fort, sich in dieser Weise zu unterhalten, bis das Kind aus seinem Schlummer erwachte.

»Sieh da,« rief die Mutter, »hast Du Dich nun gut ausgeruht? Steh auf, denn der Tag neigt sich, und wir müssen zu unserem Zeltlager zurückkehren.«

Sie befanden sich im entlegensten Teil des Tempelgebäudes, als sie dem Ausgang zustrebten.

Einige Augenblicke später mußten sie ein altes Gewölbe durchwandern, das noch aus jener Zeit herstammte, als zum erstenmal ein Tempel an dieser Stelle errichtet worden war, und dort stand, an eine Wand gelehnt, ein altes Flügelhorn aus Kupfer. Es war ungeheuer lang und schwer und glich fast einer Säule, die man an den Mund setzen sollte, um darauf zu blasen. Es stand dort verbeult und zerschrammt, innen und außen voller Staub und Spinngewebe und von einem kaum sichtbaren Pergamentstreifen umschlungen, den altertümliche Buchstaben bedeckten. Es mochten wohl tausend Jahre vergangen sein, seit jemand versucht hatte, einen Ton daraus hervorzulocken.

Als aber der kleine Knabe das riesige Horn erblickte, blieb er verwundert stehen und fragte: »Was ist das?«

»Das ist das große Horn, das die Stimme des Weltenfürsten genannt wird,« antwortete die Mutter. »Mit diesem Horn rief Moses die in der Wüste zerstreuten Kinder Israel zusammen. Nach seiner Zeit hat niemand mehr vermocht, ihm einen einzigen Ton zu entlocken. Aber *er*, der dies vermag, wird einst kommen und alle Völker der Erde unter seiner Herrschaft vereinigen.«

Sie lächelte bei diesen Worten, denn sie hielt die Weissagung für ein altes Märchen. Aber der kleine Knabe blieb vor dem großen Horn stehen, bis sie ihn wegrief. Er wäre gern noch dageblieben, um es recht lange und gründlich zu betrachten, denn gerade das Horn gefiel ihm am besten von allem, was er bisher in dem Tempel gesehen hatte.

Sie waren noch nicht lange gegangen, als sie in einen großen, weiten Tempelhof kamen. Hier lag im Felsengrunde eine tiefe, breite Schlucht, die noch aus der Urzeit stammte. König Salomo hatte die Untiefe nicht ausfüllen lassen wollen, als er den Tempel auf diesem Felsen erbaute. Er hatte keine Brücke darüber schlagen lassen, kein Geländer vor der abschüssigen, jähen Tiefe errichtet. Statt dessen hatte er eine scharfgeschliffene Stahlklinge, die mehrere Ellen lang war, mit der Schneide nach oben über den Abgrund spannen lassen. Und nun, nach einer Unendlichkeit von Jahren und Wechselfällen, lag die Klinge noch immer über der tiefen Schlucht. Aber sie war nun beinahe verrostet und nicht mehr sicher an ihren Endpunkten befestigt, so daß sie schwankte und schaukelte, sobald jemand mit schwerem Schritt über den Tempelhof ging. Als die Mutter den Knaben auf einem Umweg an dem Abgrund vorbeiführte, fragte er sie: »Was für eine Brücke ist das?«

»Die ist von König Salomo angelegt worden,« antwortete die Mutter, »und wir nennen sie die Paradiesbrücke. Wenn Du auf der schwankenden Brücke, deren Scheide dünner ist als ein Sonnenstrahl, den Abgrund überschreiten kannst, so bist Du sicher, ins Paradies zu kommen.« Und sie lächelte und eilte weiter, aber der Knabe blieb stehen und betrachtete die feine, schwankende Stahlklinge, bis die Mutter ihn rief.

Als er ihr folgte, seufzte er darüber, daß sie ihm die beiden wunderbaren Dinge nicht schon früher gezeigt hatte, wo er noch Zeit genug gehabt hätte, sie gut zu betrachten. Sie gingen nun, ohne sich aufzuhalten, bis sie zu dem mächtigen Eingangsportikus mit seinen fünffachen Säulenreihen gelangten. In einer Ecke standen dort zwei Säulen von schwarzem Marmor, die auf demselben Postament so nahe aneinander errichtet waren, daß sich kaum ein Strohhalm dazwischen durchschieben ließ. Sie waren hoch und majestätisch, mit reich geschmückten Kapitälen gekrönt, um die sich eine Reihe seltsam geformter Tierköpfe hinzog. Aber nicht ein Zoll breit dieser herrlichen Säulen war ohne Schrammen und Risse, sie waren beschädigt und abgenutzt wie nichts sonst im Tempel. Selbst der Steinboden war an dieser Stelle blankgescheuert und ein wenig vertieft durch die Reibung, die von den Tritten zahlloser Füße erzeugt worden war.

Und wieder hielt der Knabe seine Mutter zurück und fragte sie: »Was sind das für Säulen?«

»Das sind Säulen, die unser Erzvater Abraham aus dem fernen Chaldäa nach Palästina hergebracht hatte, und die er die Pforte der Gerechtigkeit nannte. Wer sich zwischen ihnen durchzudrängen vermag, der ist gerecht vor Gott und hat niemals eine Sünde begangen.«

Der Knabe blieb stehen und blickte mit großen Augen die Säulen an.

»Du willst doch nicht etwa versuchen, Dich zwischen ihnen durchzudrängen?« fragte die Mutter und lachte. »Du siehst, wie der Steinboden um sie her von den vielen Menschen abgenutzt ist, die es versucht haben, sich durch den schmalen Spalt zu zwängen, aber Du kannst mir glauben, daß es keinem einzigen geglückt ist. Doch jetzt beeile Dich! Ich höre das Dröhnen der Kupfertore. Die dreißig Tempeldiener stemmen ihre Schultern dagegen, um sie in Bewegung zu setzen.«

Der kleine Knabe jedoch lag die ganze Nacht im Zelt wach auf seinem Lager und sah nichts anderes vor sich als die Pforte der Gerechtigkeit, die Paradiesbrücke und die Stimme des Weltenfürsten. Niemals zuvor hatte er von so wunderbaren Dingen gehört. Und er konnte sich der Gedanken daran nicht entschlagen. Am nächsten Morgen war es ebenso. Er vermochte an nichts anderes zu denken. Heute sollten sie die Heimreise antreten. Die Eltern hatten sehr viel damit zu tun, ihr Zelt abzubrechen, um es auf dem Kamel zu verladen, auch war noch mancherlei zu ordnen. Sie sollten nicht allein reisen, sondern in Gesellschaft vieler Verwandten und Nachbarn, und da so viele Leute mit dabei waren, ging ihnen das Einpacken sehr langsam von der Hand.

Der kleine Knabe half nicht bei der Arbeit, sondern saß ganz still in all dem Wirrwarr und Jagen und dachte an die drei wunderbaren Dinge.

Plötzlich fiel ihm ein, daß er noch genügend Zeit hätte, um in den Tempel zu gehen und die drei Wunderdinge noch einmal zu betrachten. Es war noch sehr viel einzupacken. Er konnte vor dem Aufbruch recht gut zurück sein. Schnell eilte er von dannen, ohne jemandem zu sagen, was er vorhatte. Er glaubte, es sei nicht notwendig. Er würde ja bald zurückkehren.

Auch dauerte es nicht lange, bis er den Tempel erreichte, und er trat in die Säulenhalle, in der die beiden schwarzen Marmorsäulen standen.

Sobald er sie erblickte, strahlten seine Augen vor Freude. Er setzte sich auf den Steinboden neben ihnen nieder und starrte zu ihnen empor. Als er daran dachte, daß jemand, der sich zwischen diesen zwei Säulen durchdrängen könnte, vor Gott gerecht sei und niemals eine Sünde begangen habe, vermeinte er, noch niemals etwas so Wundersames gesehen zu haben.

Er dachte daran, wie herrlich es sein müßte, sich zwischen diesen beiden Säulen hindurchzuzwängen, aber sie standen so dicht beieinander, daß es unmöglich war, es auch nur zu versuchen. Ohne daß er es wußte, saß er wohl eine Stunde lang unbeweglich vor den Säulen. Er aber glaubte, daß er sie nur einige Augenblicke betrachtet habe.

Nun begab es sich, daß dort in der Säulenhalle, wo der kleine Knabe saß, die Richter des Hohen Rates versammelt waren, um in den Streitsachen des Volkes zu richten. Die ganze Halle war voll von Menschen. Einige klagten über verschobene Grenzsteine, andere über den Raub von Schafen, die man aus der Herde weggeführt und mit falschen Zeichen versehen hatte, manche verklagten Schuldner, die nicht bezahlen wollten. Unter all den anderen befand sich auch ein reicher Mann in schleppenden Purpurgewändern. Er führte eine arme Witwe vor Gericht, die ihm einige Sekel Silber schuldig sein sollte. Die arme Witwe jammerte und sagte, der reiche Mann tue ihr unrecht. Sie habe ihm bereits einmal ihre Schuld bezahlt, nun wolle er sie nochmals dazu zwingen, aber das vermöge sie nicht. Sie sei so arm, daß sie, falls die Richter sie zur Zahlung verurteilten, gezwungen wäre, ihre Töchter dem reichen Manne als Sklavinnen zu überlassen.

Der Höchste im Rat wandte sich an den reichen Mann und sprach zu ihm: »Wagst Du einen Eid darauf zu leisten, daß dieses arme Weib Dir das Geld noch nicht bezahlt hat?«

Da antwortete der Reiche: »Herr, ich bin ein reicher Mann. Würde ich mir die Mühe machen, mein Geld von dieser armen Witwe zu verlangen, wenn ich nicht das Recht dazu hätte? Ich schwöre es Dir, so wahr und gewiß niemals jemand durch die Pforte der Gerechtigkeit schreiten wird, so gewißlich ist diese Frau mir die Summe schuldig, die ich verlange.«

Als die Richter diesen Eid vernommen hatten, glaubten sie seiner Rede und verurteilten die arme Witwe dazu, ihm ihre Töchter als Sklavinnen zu übergeben. Aber der kleine Knabe saß dicht daneben und hatte alles gehört. Er sagte sich: »Wie gut wäre es doch, wenn jemand durch die Pforte der Gerechtigkeit gelangen könnte! Dieser reiche Mann hat gewiß nicht die Wahrheit geredet. Wie schrecklich ist es für die alte Frau, ihre Töchter zu Sklavinnen hergeben zu müssen.« Er sprang auf das Piedestal, auf dem sich die beiden Säulen erhoben, und blickte durch den zwischen ihnen befindlichen Spalt.

»Ach, daß es doch nicht so unmöglich wäre!« seufzte er. Dies arme Weib dauerte ihn so sehr. Er dachte jetzt gar nicht daran, daß jeder, der sich durch diese Pforte zu zwängen vermochte, gerecht und sündenlos wäre. Nur um des armen Weibes willen wünschte er es zu vollbringen. Er stemmte seine Schulter zwischen die Vertiefung, als wolle er sich einen Weg bahnen.

In diesem Augenblick schauten alle dort anwesenden Menschen nach der Pforte der Gerechtigkeit hin. Denn es dröhnte in dem Gewölbe, und es sang in den alten Säulen, die sich auseinander schoben, eine zur rechten und eine zur linken Seite, und sie ließen gerade so viel Raum frei, daß der schlanke Körper des Knaben zwischen ihnen hindurchgleiten konnte.

Das erregte die höchste Verwunderung und großes Aufsehen. Im ersten Augenblick waren alle sprachlos. Die Leute starrten nur beständig den kleinen Knaben an, der ein so großes Wunder vollbracht hatte. Der Aelteste unter den Richtern faßte sich zuerst. Er befahl, den reichen Kaufmann zu ergreifen und vor den Hohen Rat zu führen. Und er verurteilte ihn, seine ganze Habe der armen Witwe zu übergeben, weil er in Gottes Tempel einen falschen Eid geschworen hatte.

Da dies abgetan war, fragte der Richter nach dem Knaben, der sich durch die Pforte der Gerechtigkeit gedrängt hatte, aber als die Menschen nach ihm Umschau hielten, da war er verschwunden. Denn in demselben Augenblick, da die Säulen auseinanderglitten, war er wie aus einem Traum erwacht und hatte sich seiner Eltern und der Heimkehr erinnert. »Jetzt muß ich mich aber beeilen, damit die Eltern nicht auf mich warten müssen,« sagte er sich. Er wußte aber gar nicht, daß er eine ganze Stunde vor der Pforte der Gerechtigkeit gesessen hatte, sondern wähnte, dort nur ein paar Minuten verweilt zu haben, und nun meinte er, daß er wohl auch noch Zeit hätte, einen Blick auf die Paradiesbrücke zu werfen, ehe er den Tempel verließe.

Und mit leichten Schritten glitt er durch die Volksmenge und gelangte zur Paradiesbrücke, die in einem ganz anderen Teil des großen Tempels lag.

Als er aber die scharfe Stahlklinge sah, die den Abgrund überbrückte, und daran dachte, daß ein Mensch, der über diese Brücke wandern könnte, sicher sei, ins Paradies zu gelangen, da meinte er, daß dies doch das allermerkwürdigste sei, was er jemals gesehen hätte, und er setzte sich am Rande des Abgrundes nieder, um die Stahlklinge zu betrachten.

Er dachte daran, wie herrlich es sein müßte, ins Paradies zu gelangen, und wie gern er diese Brücke überschreiten würde. Aber gleichzeitig erkannte er, daß es ganz unmöglich sei, dies auch nur zu versuchen.

Zwei Stunden lang grübelte und sann er in dieser Weise, wußte aber nichts davon, daß so viel Zeit verflossen war. Er dachte nur unablässig an das Paradies.

Auf dem Hof, in dem sich der tiefe Abgrund befand, war auch ein großer Opferaltar errichtet, um den weißgekleidete Priester schritten, die das Altarfeuer hüteten und Opfergaben entgegennahmen. Es standen auch viele opfernde Menschen dort und eine große Menge solcher, die dem Gottesdienst nur zuschauten. Nun kam ein armer, alter Mann des Weges daher. Er trug ein sehr kleines, mageres Lamm, das überdies noch von einem Hunde gebissen worden war, so daß es eine klaffende Wunde hatte.

Der Mann ging mit dem Lamm hin zu den Priestern und bat, es opfern zu dürfen, sie aber versagten ihm die Bitte. Eine so armselige Gabe dürfe er dem Herrn nicht darbringen, sagten sie ihm. Der Alte flehte, sie möchten doch um der Barmherzigkeit willen das Lamm annehmen, denn sein Sohn liege todkrank danieder, und er besitze nichts anderes, was er Gott für seine Genesung opfern könnte. Er sprach: »Ihr müsset es mich opfern lassen, denn sonst dringt mein Gebet nicht zu Gottes Angesicht, und mein Sohn wird sterben.«

»Du darfst nicht glauben, daß ich kein Mitleid für Dich hege,« sprach der Priester, »aber das Gesetz verbietet uns, ein verletztes Tier zu opfern. Deine Bitte zu erfüllen ist so unmöglich, wie es unmöglich ist, die Paradiesbrücke zu überschreiten.«

Der kleine Knabe saß nicht weit entfernt, so daß er alles gehört hatte. Er dachte sogleich daran, wie schade es wäre, daß niemand die Brücke überschreiten konnte. Vielleicht durfte der Arme seinen Sohn behalten, wenn das Lamm geopfert wurde.

Der alte Mann verließ traurig den Tempelhof, und der Knabe stand auf, ging zu der schwankenden Brücke und betrat sie mit seinem Fuß.

Er dachte ganz und gar nicht daran, daß er sie überschreiten wollte, um des Paradieses sicher zu sein. Seine Gedanken galten einzig und allein dem Armen, dem er so gern helfen wollte. Aber er zog den Fuß zurück und flüsterte: »Es ist unmöglich. Sie ist viel zu alt und verrostet, sie würde mich nicht einmal tragen.«

Aber noch einmal eilten seine Gedanken zu dem Armen, dessen Sohn im Sterben lag. Und wieder setzte er den Fuß auf die Schwertklinge.

Da fühlte er, daß sie aufhörte zu schwanken und unter seinen Füßen breit und fest wurde.

Und beim nächsten Schritte merkte er, daß die Luft rings umher ihn stützte. Sie trug ihn, als wäre er ein Vogel und hätte Schwingen.

Aber als der Knabe über die Klinge schritt, drang ein lieblicher Ton bebend daraus hervor, und einer von denen, die auf dem Tempelhof standen, wandte sich um, als er den Ton vernahm. Er stieß einen lauten Schrei aus, so daß sich auch alle die anderen umwandten, und nun gewahrten sie den kleinen Knaben, der auf der Stahlklinge vorwärts schritt.

Und große Bestürzung und Verwunderung bemächtigten sich aller, die dort standen. Die ersten, die wieder zur Besinnung kamen, waren die Priester, Sie sandten sogleich einen Boten nach dem Armen aus, und als er kam, sprachen sie zu ihm: »Gott hat ein Wunder getan, um uns zu zeigen, daß ihm Deine Gabe wohlgefällig ist. Gib Dein Lamm her, wir werden es opfern!«

Als dies vollbracht war, fragten sie nach dem kleinen Knaben, der über den Abgrund geschritten war. Aber da sie sich nach ihm umschauten, konnten sie ihn nicht finden. Denn sobald der Knabe über den Abgrund geschritten war, kam ihm der Gedanke an die Heimkehr und an die Eltern. Er war sich dessen nicht bewußt, daß der Morgen und der Vormittag bereits vergangen waren, sondern er sagte sich: »Ich muß mich nun tüchtig beeilen, damit sie nicht auf mich warten müssen. Ich will nur noch schnell einen Blick auf das Horn des Weltenfürsten werfen.«

Und er glitt durch die Menge und eilte mit leichten Schritten nach dem dämmerigen Säulengang, wo das kupferne Horn an der Wand lehnte. Als er es erblickte und daran dachte, daß ein Mensch, der ihm einen Ton entlocken könnte, alle Völker der Erde unter seiner Herrschaft vereinigen würde, meinte er noch niemals etwas so Merkwürdiges gesehen zu haben, und setzte sich daneben nieder und betrachtete es aufmerksam.

Er dachte daran, wie erhaben es sein müßte, alle Menschen auf der Erde an sich zu ziehen, und wie herzlich er wünschte, auf dem alten Horn blasen zu können. Aber er begriff, daß dies unmöglich sei, und wagte nicht einmal den Versuch.

Auf diese Weise verbrachte er dort mehrere Stunden, ohne zu wissen, wie die Zeit verging. Er dachte einzig und allein daran, was man dabei empfinden würde, wenn man alle Menschen auf Erden unter seiner Herrschaft vereinigte.

Aber in diesem kühlen Säulengang saß ein heiliger Mann und belehrte seine Schüler. Und er wandte sich eben an einen der Jünglinge, die zu seinen Füßen saßen, und sagte ihm, er sei ein Betrüger. Sein Geist habe ihm verraten, daß der Jüngling ein Fremdling und kein Israelit sei. Und nun fragte der Heilige ihn, weshalb er sich unter einem falschen Namen unter seinen Schülern eingeschlichen hätte.

Da erhob sich der fremde Jüngling und antwortete, er sei durch öde Wüsten gewandert und habe weite Meere durchschifft, um die wahre Weisheit und die Lehre vom einzigen Gott verkünden zu hören. Und er sprach zum Heiligen: »Meine Seele verschmachtete vor Sehnsucht. Aber ich wußte, daß Du mich nicht unterweisen würdest, wenn ich mich nicht als Israelit bekannt hätte. Und ich belog Dich, auf daß meine Sehnsucht gestillt würde. Ich flehe Dich an, mich bei Dir bleiben zu lassen.«

Aber der Heilige erhob sich, streckte die Arme gen Himmel und rief: »Du darfst so wenig bei mir bleiben, wie jemand aufstehen wird, um auf dem großen Kupferhorn zu blasen, das wir die Stimme des Weltenfürsten nennen. Es ist Dir nicht einmal erlaubt, diese Stelle des Tempels zu betreten, weil Du ein Heide bist. Hebe Dich weg von hier, sonst werden meine anderen Schüler sich auf Dich werfen und Dich in Stücke reißen, denn Deine Gegenwart schändet den Tempel.«

Aber der Jüngling blieb stehen und sprach: »Ich werde nirgendwo anders hingehen, wo meine Seele keine Nahrung fände. Lieber will ich hier zu Deinen Füßen sterben.«

Kaum waren diese Worte gesprochen, als die Schüler des Heiligen sich erhoben, um den Fremden zu verjagen. Und als er sich wehren wollte, warfen sie ihn nieder und wollten ihn töten.

Der Knabe aber saß ganz nahe, so daß er alles gehört und gesehen hatte, und er sagte sich: »Das ist eine große Hartherzigkeit. Ach, könnte ich doch das Kupferhorn blasen, so wäre ihm sicher geholfen!«

Er erhob sich und legte seine kleine Hand auf das Horn. In diesem Augenblick wünschte er nicht mehr, es deshalb zu seinen Lippen emporheben zu können, weil der, der es vermochte, ein großer Herrscher werden würde, sondern nur, weil er hoffte, jemandem helfen zu können, dessen Leben in Gefahr war.

Und mit seinen kleinen Händen umfaßte er das Kupferhorn und versuchte es zu heben. Da fühlte er, daß das ungeheure Horn sich von selber bis zu seinen Lippen erhob. Und als er nur aufatmete, drang ein starker klingender Ton aus dem Horn, der den ganzen weiten Umkreis des Tempels durchhallte.

Da wandten sich aller Augen, und sie sahen, daß es ein kleiner Knabe war, der mit dem Horn an den Lippen dastand und ihm Töne entlockte, die alle Gewölbe und Säulen erbeben machten.

Und alsogleich senkten sich alle jene Hände, die schon erhoben waren, um den fremden Jüngling zu erschlagen, und der heilige Lehrer sprach zu ihm:

»Komm und setze Dich hier zu meinen Füßen nieder, wie Du früher saßest! Gott hat ein Wunder getan, um mir ein Zeichen zu geben, daß es ihm wohlgefiele, Dich in die Glaubens-lehren zu seiner Anbetung einzuweihen.«

*

Als der Tag sich seinem Ende zuneigte, eilten ein Mann und ein Weib nach Jerusalem. Sie sahen erschrocken und beunruhigt aus und riefen jedem Vorübergehenden zu: »Wir haben un-seren Sohn verloren. Wir glaubten, er sei mit unseren Verwandten oder Nachbarn mitgegangen, aber keiner von ihnen hat ihn gesehen. Ist jemand von Euch unterwegs einem einzelnen Kinde begegnet?«

Und alle, die von Jerusalem kamen, antworteten ihnen: »Euren Sohn haben wir nirgend gesehen, aber im Tempel haben wir das schönste Kind der Welt gesehen. Es war wie ein Engel des Himmels anzuschauen und hat die Pforte der Gerechtigkeit durchschritten.«

Sie hätten das Alles gern ganz genau erzählt, die Eltern hatten jedoch keine Zeit, ihnen zuzuhören.

Als sie wieder eine Strecke gegangen waren, begegneten sie anderen Menschen und fragten sie nach ihrem Sohne. Doch die von Jerusalem kamen, wollten nur von dem schönsten Kinde berichten, das aussehe, als sei es vom Himmel herabgestiegen, und die Paradiesbrücke überschritten hatte.

Sie hätten noch bis zum späten Abend davon erzählt, doch der Mann und das Weib hatten keine Zeit zuzuhören, sondern eilten zur Stadt.

Sie rannten Straße auf, Straße ab, ohne das Kind zu finden. Endlich standen sie vor dem Tempel.

Im Vorbeischreiten sagte die Frau: »Da wir nun doch einmal hier sind, laß uns auch hineingehen, um zu sehen, was es mit dem Kinde für eine Bewandtnis hat, von dem sie sagen, es sei vom Himmel herabgestiegen!« Sie gingen hinein und fragten, wo sie das Kind finden könnten.

»Geht dort geradeaus bis zu der Halle, wo die heiligen Lehrer mit ihren Schülern sitzen. Dort ist das Kind. Die alten Gelehrten haben es in ihre Mitte gesetzt, sie befragen es, und es befragt sie, und alle verwundern sich höchlichst über den Knaben. Alles Volk steht draußen auf dem Tempelhof, um einen Schimmer von ihm wahrzunehmen, der des Weltenfürsten Stimme zu seinen Lippen emporgehoben hat.«

Der Mann und das Weib bahnten sich den Weg durch die Volksmenge; und sie erkannten, daß das Kind inmitten der weisen Lehrer ihr eigener Sohn war. Aber sobald die Frau das Kind erkannt hatte, begann sie zu weinen.

Und der Knabe, der inmitten der weisen Männer saß, hörte jemand weinen und erkannte, daß es seine Mutter war. Da stand er auf und ging zu seiner Mutter, und die Eltern nahmen ihn in ihre Mitte und schritten mit ihm aus dem Tempel hinaus.

Aber die Mutter weinte unablässig, und das Kind fragte sie: »Warum weinst Du? Ich kam ja zu Dir, sobald ich Deine Stimme vernahm.«

»Sollte ich nicht weinen?« fragte die Mutter. »Ich glaubte, Du wärest für mich verloren.«

Sie verließen die Stadt, und das Dunkel brach herein, und die Mutter weinte noch immer.

»Warum weinst Du?« fragte das Kind. »Ich wußte nichts davon, daß der Tag vergangen war. Ich glaubte, es sei noch frühmorgens, und ich kam zu Dir, sobald ich Deine Stimme vernahm.«

»Muß ich nicht weinen?« sprach die Mutter. »Ich habe Dich den ganzen Tag gesucht. Ich glaubte, Du wärest für mich verloren.«

Sie wanderten die ganze Nacht durch, und die Mutter weinte unablässig.

Als der Tag aufdämmerte, fragte das Kind: »Warum weinst Du? Ich habe nicht nach eigenem Ruhme begehrt, aber Gott hat mich diese Wunder tun lassen, weil er diesen drei armen Menschen beistehen wollte. Und sobald ich Deine Stimme vernahm, bin ich zu Dir zurückgekehrt.«

»Mein Sohn,« antwortete die Mutter, »ich weine, weil Du dennoch für mich verloren bist. Du wirst mir niemals mehr angehören können. Von nun an wird Gerechtigkeit Deines Lebens Ziel sein und das Paradies Deine Sehnsucht, und Deine Liebe wird alle die armen Menschen umfangen, die die Erde erfüllen.«

Das Schweißtuch der heiligen Veronika

1

In einem der letzten Jahre der Regierung des Kaisers Tiberius hatte sich ein armer Winzer mit seinem Weibe in einer einsamen Hütte hoch oben im Sabinergebirge niedergelassen. Sie waren Fremdlinge und lebten in der größten Einsamkeit, ohne jemals von irgendeinem Menschen aufgesucht zu werden. Aber eines Morgens sah dieser Arbeiter, als er seine Tür öffnete, zu seiner großen Verwunderung ein Weib auf der Schwelle kauern. Sie trug einen einfachen, grauen Mantel und sah aus, als wäre sie recht arm. Als sie sich jedoch erhob und auf ihn zutrat, erschien sie dessenungeachtet so ehrfurchtgebietend, daß er daran denken mußte, was die alten Sagen von den Göttinnen berichten, die in der Gestalt von greisenhaften Frauen den Menschen nahen.

»Freund,« sprach die Greisin zu dem Winzer, »Du mußt Dich nicht darüber verwundern, daß ich nachts auf Deiner Schwelle geschlafen habe. Meine Eltern haben einst diese Hütte bewohnt, und ich wurde hier vor fast neunzig Jahren geboren. Ich erwartete, sie leer und verlassen zu finden. Ich wußte nichts davon, daß Menschen sich darin niedergelassen hatten.«

»Ich wundere mich gar nicht, daß Du erwartet hast, die Hütte leer und verlassen zu finden, die so hoch oben inmitten des öden Gebirges liegt,« entgegnete der Winzer. »Aber ich und mein Weib stammen aus einem fernen Lande, und wir armen Fremdlinge fanden keine bessere Wohnstätte. Und nach der langen Wanderung, die Du in Deinem hohen Alter unternommen hast, wirst Du müde und hungrig sein. Da ist es Dir sicher willkommener, daß diese Hütte von Menschen anstatt von Wölfen aus dem Sabinergebirge bewohnt ist. Du findest drinnen nun doch ein Bett, auf dem Du ruhen kannst, und wenn Du vorlieb nehmen willst, soll für Dich eine Schale Ziegenmilch und ein Stück Brot bereit sein.«

Die Greisin lächelte ein wenig, aber dieses Lächeln war so flüchtig, daß es nicht den Ausdruck tiefen Kummers zu verdrängen vermochte, der auf ihrem Antlitz ruhte. »Ich habe meine ganze Jugend hier oben auf den Bergen verlebt,« antwortete sie. »Und ich habe es bis heute noch nicht verlernt, einen Wolf aus seiner Höhle zu verjagen.«

Und sie sah wirklich so stark und kräftig aus, daß der Arbeitsmann gar nicht bezweifelte, daß sie trotz ihres hohen Alters noch Kraft genug habe, um mit den wilden Tieren des Waldes zu kämpfen.

Er wiederholte indessen seine Aufforderung, und die Greisin trat in die Hütte. Sie setzte sich mit den armen Leuten an den Tisch und teilte ohne Zögern ihr bescheidenes Mahl. Aber obwohl sie sehr befriedigt zu sein schien, das grobe, in der Milch aufgeweichte Brot zu essen, fragten sich die beiden Eheleute: »Woher mag die greise Pilgerin kommen? Sie hat sicherlich häufiger Fasanen auf silbernem Gerät gegessen, als Ziegenmilch aus irdenen Krügen getrunken.«

Zuweilen blickte sie beim Essen auf und sah sich prüfend um, als wolle sie sich in der Hütte zurechtfinden. Die ärmliche Behausung mit ihren nackten Lehmwänden und dem festgestampften Lehmboden war wohl kaum verändert. Sie zeigte sogar ihren Wirtsleuten noch einige Spuren von Hunden und Hirschen, die ihr Vater einst zur Freude seiner kleinen Kinder dorthin gezeichnet hatte. Und hoch oben auf einem Wandbrett glaubte sie die Scherben eines Tonkruges zu erkennen, in den sie selber einst die Milch zu gießen pflegte.

Aber die Eheleute sagten sich: »Es mag sein, daß sie in dieser Hütte zur Welt kam, aber sie muß im Leben noch sehr viel anderes ausgerichtet haben, als Ziegen zu melken und Käse und Butter zu bereiten.«

Sie merkten auch, daß sie mit ihren Gedanken oft weit weg war, und daß sie schwer und sorgenvoll seufzte, wenn sie wieder zu sich kam. Schließlich stand sie von der Mahlzeit auf, dankte freundlich für die ihr gewährte Gastfreundschaft und schritt zur Tür hin.

Aber da erschien sie dem Winzer so verlassen und arm und kläglich, daß er ausrief: »Wenn ich mich nicht irre, so war es, als Du nachts hier mühsam heraufklommst, nicht Deine Absicht, die Hütte so bald wieder zu verlassen. Bist Du wirklich so arm, wie Du aussiehst, so wirst Du gewiß den Wunsch gehabt haben, den Rest Deiner Tage hier zu verleben. Aber nun willst Du von dannen gehen, weil ich und mein Weib die Hütte mit Beschlag belegt haben.«

Die Greisin leugnete nicht, daß er richtig geraten hatte. »Die Hütte, die so lange Jahre verlassen dastand, gehört ebenso gut Dir wie mir,« entgegnete sie. »Mir steht kein Recht zu, Dich daraus zu vertreiben.«

»Es ist gleichwohl die Hütte Deiner Eltern, und so hast Du sicherlich mehr Anspruch darauf als ich. Ueberdies sind wir jung, und Du bist alt. Darum sollst Du hierbleiben, und wir werden von dannen ziehen.«

Als die Greisin diese Worte vernahm, war sie höchlichst verwundert. Sie wandte sich auf der Schwelle um und starrte den Mann an, als hätte sie nicht begriffen, was er mit seinen Worten meinte.

Doch nun mischte sich auch das junge Weib in das Gespräch.

»Wenn mir ein Rat erlaubt ist,« sagte sie zu ihrem Manne, »so möchte ich Dich bitten, die würdige Greisin zu fragen, ob sie uns nicht als ihre Kinder betrachten will, die bei ihr bleiben und sie pflegen dürfen. Was würden wir ihr dadurch helfen, daß wir ihr die armselige Hütte schenkten und sie dann verließen? Wie schrecklich wäre es für sie, hier in dieser Einöde allein zu hausen. Und wovon sollte sie denn leben? Es wäre ebenso, als ließen wir sie Hungers sterben.«

Da schritt die Greisin auf die jungen Eheleute zu und betrachtete sie aufmerksam. »Warum redet Ihr so zu mir?« fragte sie. »Warum erweiset Ihr mir Barmherzigkeit? Ihr seid ja Fremdlinge in diesem Lande.«

Und die junge Frau antwortete ihr: »Es geschieht darum, weil wir selber einmal der großen Barmherzigkeit teilhaftig geworden sind.«

2

Und also geschah es, daß die Greisin in der Hütte des Winzers wohnen blieb, und sie faßte eine große Freundschaft für die jungen Eheleute. Aber dessenungeachtet sagte sie ihnen niemals, von wannen sie gekommen war und wer sie sei, und sie begriffen, daß die Fremde eine Frage danach nicht gut aufgenommen hätte.

Eines Abends jedoch, als die Arbeit getan war und sie alle drei, ihr Nachtmahl verzehrend, auf der großen, flachen Felsplatte saßen, die als Schwelle zur Hüttentür führte, erblickten sie einen alten Mann, der den Bergpfad erstieg.

Es war ein großer, kräftig gebauter Mann mit den breiten Schultern eines Ringkämpfers. Sein Gesicht zeigte einen finsteren, unfreundlichen Ausdruck. Die Stirn sprang über die tiefliegenden Augen vor, und die Linien um den Mund drückten Bitterkeit und Verachtung aus. Er näherte sich in straffer Haltung und mit schnellen Bewegungen.

Der Mann war sehr einfach gekleidet, und der Winzer dachte bei seinem Anblick: Das ist ein alter Legionär, der seinen Abschied bekommen hat und nun in seinen Heimatsort zurückwandert.

Als der Fremdling bei den Essenden angelangt war, blieb er wie zweifelnd stehen. Der Arbeiter, der wußte, daß dieser Weg ein kleines Stück oberhalb der Hütte ein Ende hatte, legte den Löffel aus der Hand und rief dem Manne zu: »Bist Du irre gegangen, Fremdling, da Du zu dieser Hütte gekommen bist? Niemand pflegt sich sonst die Mühe zu machen, hier heraufzuklettern, es sei denn, er bringe einem von uns, die wir hier hausen, Botschaft.«

Während er diese Frage stellte, trat der Fremdling näher.

»Ja, es ist so, wie Du sagst,« antwortete er. »Ich habe den Weg verfehlt, und nun weiß ich nicht, wohin ich meine Schritte lenken soll. Wenn Du mir hier eine Weile Ruhe gönnen und mir dann sagen willst, welchen Weg ich wählen muß, um einen Gutshof zu erreichen, so wäre ich Dir dankbar.«

Bei diesen Worten setzte er sich auf einen der großen Steine, die vor der Hütte lagen. Die junge Frau fragte ihn, ob er nicht an ihrer Mahlzeit teilnehmen wolle, er jedoch lehnte es lächelnd ab. Dagegen zeigte es sich, daß er sehr geneigt war, sich mit ihnen zu unterhalten, während sie weiteraßen. Er fragte die jungen Eheleute nach ihrem Leben und nach ihrer Arbeit, und sie gaben ihm einfach und offen Bescheid.

Plötzlich wandte sich der Arbeiter an den Fremdling und begann ihn auszufragen: »Du siehst, in welcher Einöde und wie einsam wir hier leben,« sagte er. »Es ist wohl ein Jahr vergangen, seit ich mit anderen Menschen als Hirten und Winzern geredet habe. Aber kannst Du als einer, der aus dem Feldlager kommt, uns nicht ein wenig über Rom und den Kaiser berichten?«

Kaum hatte der Mann diese Frage gestellt, so bemerkte sein junges Weib auch sogleich, daß die Greisin ihm einen warnenden Blick zuwarf und mit der Hand ein Zeichen machte, sich mit seinen Worten recht in acht zu nehmen.

Der Fremdling aber erwiderte ganz freundlich: »Ich sehe, daß Du mich für einen Legionär hältst, und Du hast damit in der Tat nicht so unrecht, obwohl ich schon längst den Dienst verlassen habe. Für uns Kriegsleute hat es unter der Regierung des Tiberius nicht viel Arbeit gegeben. Und dennoch war er einst ein großer Feldherr. Das war in seinen Glückstagen. Nun aber denkt er an gar nichts anderes, als sich vor Verschwörungen zu schützen. In Rom reden alle Menschen davon, daß er in der vergangenen Woche, nur auf einen leeren Verdacht hin, den Senator Titius ergreifen und hinrichten ließ.«

»Der arme Kaiser, er weiß nicht mehr, was er tut!« rief die junge Frau. Sie erhob die Hände und schüttelte voll Mitleid und Verwunderung den Kopf.

»Da hast Du wirklich recht,« erwiderte der Fremdling, während ein Ausdruck tiefster Schwermut sein Gesicht überflog. »Tiberius weiß, daß ihn alle Menschen hassen, und das wird ihn noch zum Wahnsinn treiben.«

»Was redest Du?« entgegnete die junge Frau. »Warum sollten wir ihn hassen? Wir beklagen es ja nur, daß er nicht mehr der große Kaiser ist wie zu Anfang seiner Regierung.«

»Du irrst Dich,« sprach der Fremdling. »Alle Menschen hassen und verachten Tiberius. Und weshalb sollten sie es nicht tun? Er ist ja nur noch ein grausamer und herzloser Tyrann. Und in Rom glaubt man, daß er von nun an noch hartherziger werden wird, als er es jemals war.«

»Ist denn irgend etwas geschehen, das ihn zu einem noch schrecklicheren Unhold machen könnte, als er schon war?« fragte der Mann.

Als er dies sagte, bemerkte die junge Frau, daß die Greisin wieder ihr Warnungszeichen gab, aber so verstohlen, daß der Mann es nicht gewahrte.

Der Fremdling antwortete ihm freundlich, während ein sonderbares Lächeln um seine Lippen irrte.

»Du hast vielleicht erzählen hören, daß Tiberius bisher in seiner Umgebung einen Freund besaß, auf den er sich fest verlassen konnte, und der ihm stets die Wahrheit sagte. Alle anderen, die an seinem Hofe leben, sind Glücksjäger und Heuchler, die seine bösen und heimtückischen Handlungen ebenso loben und preisen wie seine guten und vortrefflichen. Dennoch gab es, wie ich sagte, einen einzigen Menschen, der niemals fürchtete, ihn den Wert seiner Handlungen erkennen zu lassen. Dieses Wesen, das mutiger war als alle seine Senatoren und Feldherren, war des Kaisers alte Amme, Faustina.

»Ei, freilich, ich hörte von ihr reden,« sprach der Arbeiter. »Man erzählte mir, daß der Kaiser ihr allzeit in Freundschaft zugetan war.«

»Ja, Tiberius wußte ihre Hingebung und Treue zu schätzen. Er hat die arme Bäuerin, die einst aus einer elenden Hütte in den Sabinerbergen herabgestiegen war, wie seine zweite Mutter behandelt. Solange er selbst in Rom weilte, ließ er sie ein Haus auf dem Palatin bewohnen, um sie stets in seiner Nähe zu haben. Keine von Roms vornehmsten Matronen hatte es besser als sie. Sie wurde in einer Sänfte durch die Straßen getragen und war wie eine Kaiserin gekleidet. Als der Kaiser nach Capri übersiedelte, mußte sie ihn dorthin begleiten, und er ließ für sie ein Landhaus kaufen, voll von Sklaven und kostbarem Hausrat.«

»Sie hat es fürwahr gut gehabt,« sagte der Mann.

Er allein setzte nun das Gespräch mit dem Fremden fort. Sein Weib saß stumm dabei und beobachtete, welch eine Veränderung mit der Greisin vorgegangen war. Seit der Ankunft des Fremden hatte sie kein Wort mehr gesprochen. Ihr sanftes, freundliches Aussehen war verschwunden. Sie hatte ihr Essen beiseite geschoben und sich starr und aufrecht gegen den Türpfosten gelehnt, von wo sie mit strengem, versteinertem Antlitz gerade vor sich hinblickte.

»Es lag in des Kaisers Absicht, ihr ein glückliches Leben zu bereiten,« sprach der Fremdling. »Aber trotz all seiner Wohltaten hat auch sie ihn jetzt verlassen.«

Die Greisin zuckte bei diesen Worten zusammen, und die junge Frau legte sanft beruhigend die Hand auf ihren Arm. Dann begann sie mit ihrer warmen, milden Stimme zu sprechen. »Ich kann es dennoch nicht glauben, daß die alte Faustina bei Hofe so glücklich gewesen ist, wie Du meinst,« sagte sie, indem sie sich dem Fremdling zuwandte. »Ich bin dessen gewiß, daß sie Tiberius wie ihren eigenen Sohn geliebt hat. Wohl kann ich begreifen, wie stolz sie auf seine edle Jugend gewesen ist, und kann es darum auch verstehen, welch ein Kummer es für sie war, als er sich in seinem Alter dem Mißtrauen und der Grausamkeit hingab. Sicherlich hat sie ihn jeden Tag ermahnt und gewarnt. Es war für sie furchtbar, immer umsonst zu bitten. Sie hat es schließlich wohl nicht mehr ertragen, ihn tiefer und tiefer sinken zu sehen.«

Bei diesen Worten beugte sich der Fremdling überrascht ein wenig vor. Doch das junge Weib blickte nicht zu ihm auf. Sie hatte die Augen gesenkt und sprach sehr leise und ehrerbietig.

»Du hast die alte Frau vielleicht richtig beurteilt,« antwortete er. »Faustina war in der Tat bei Hofe nicht glücklich. Dennoch wirkt es sonderbar, daß sie den Kaiser in seinem hohen Alter verließ, nachdem sie ein ganzes Menschenalter durch bei ihm ausgeharrt hatte.«

»Was redest Du?« fragte der Mann. »Die alte Faustina hat also den Kaiser für immer verlassen?«

»Sie hat sich heimlich von Capri fortgeschlichen,« sagte der Fremdling. »Sie ist ebenso arm weggegangen, wie sie gekommen war. Von ihren Schätzen hat sie nicht das geringste mitgenommen.«

»Und der Kaiser weiß nicht, wohin sie sich begeben hat?« fragte die junge Frau mit ihrer sanften Stimme.

»Nein, niemand ist sicher, welchen Weg die Greisin eingeschlagen hat. Man hält es jedoch für wahrscheinlich, daß sie in ihren heimatlichen Bergen eine Zuflucht gesucht habe.«

»Und der Kaiser weiß auch nicht, weshalb sie fortgegangen ist?« fragte die junge Frau.

»Nein, der Kaiser weiß nichts darüber. Er kann doch nicht annehmen, daß sie ihn verließ, weil er einmal zu ihr sagte, auch *sie* diene ihm nur, wie alle anderen, um Lohn und Geschenke zu erhalten. Sie weiß doch, daß er niemals an ihrer Uneigennützigkeit gezweifelt hat. Er hat auch noch immer gehofft, daß sie freiwillig zu ihm zurückkehren würde, denn niemand weiß besser als sie, daß er nun gar keinen Freund mehr hat.«

»Ich kenne sie nicht,« sprach die junge Frau, »und dennoch glaube ich, Dir sagen zu können, weshalb sie den Kaiser verlassen hat. Jene alte Frau wurde einst inmitten dieser Berge zu Einfachheit und frommer Sitte erzogen und hat sich stets hierher zurückgesehnt. Dennoch hätte sie den Kaiser sicherlich niemals verlassen, wenn er sie nicht beleidigt hätte. Aber ich begreife es sehr wohl, daß sie, nachdem dies geschehen war, glaubte, jetzt, am Ende ihrer Lebenszeit, an sich selber denken zu dürfen. Wenn ich ein armes Weib aus den Bergen wäre, würde ich wahrhaftig ganz wie sie gehandelt haben. Ich würde denken, daß ich genug getan hätte, da ich meinem Herrn ein ganzes Leben lang gedient habe. Ich würde alles Wohlleben und alle Kaisergunst aufgeben, um meine Seele mit Lauterkeit und Gerechtigkeit zu erfüllen, ehe sie zur langen Fahrt von mir scheidet.«

Der Fremdling blickte ernst und schwermütig die junge Frau an. »Du denkst nicht daran, daß des Kaisers Gebaren furchtbarer werden wird als je zuvor. Nun gibt es niemanden, der ihn beruhigen könnte, wenn Mißtrauen und Menschenverachtung sich seiner bemächtigen. Stelle Dir vor,« fuhr er fort und bohrte seine finsteren Blicke tief in die des jungen Weibes, »in der ganzen Welt gibt es nunmehr keinen, den er nicht haßte, keinen, den er nicht verachtete, keinen einzigen.«

Bei diesen Worten der bittersten Verzweiflung machte die Greisin eine hastige Bewegung und wandte sich ihm zu, aber das junge Weib blickte ihm fest in die Augen und erwiderte: »Tiberius weiß, daß Faustina wiederkehrt, wann auch immer er es wünscht. Doch zuvor muß sie wissen, daß ihre alten Augen nicht mehr Laster und Schändlichkeit an seinem Hofe schauen müssen.«

Alle hatten sich bei diesen Worten erhoben, doch der Winzer und sein Weib stellten sich vor die Greisin, als wollten sie sie schützen.

Der Fremdling sprach kein Wort mehr, betrachtete jedoch die Greisin mit fragenden Blicken. Ist dies auch *Dein* letztes Wort? schien er sagen zu wollen. Die Lippen der Greisin zitterten und vermochten kein Wort hervorzubringen.

»Wenn der Kaiser seine alte Dienerin geliebt hat, so mag er ihr auch Ruhe für die letzten Lebenstage gönnen,« sprach das junge Weib.

Der Fremdling zögerte noch, aber plötzlich erhellte sich sein finsteres Gesicht. »Meine Freunde,« sprach er, »was man auch von Tiberius sagen mag, so gibt es doch eines, was er besser gelernt hat als andere, und das ist – der Verzicht. Ich habe Euch nur noch eines zu sagen: Wenn die alte Frau, von der wir sprachen, diese Hütte aufsuchen sollte, so nehmt sie gut auf. Des Kaisers Gunst ist jedem gewiß, der ihr beisteht.«

Er hüllte sich in seinen Mantel und entfernte sich auf demselben Wege, auf dem er gekommen war.

3

Von nun an sprachen der Winzer und sein Weib niemals mehr mit der alten Frau über den Kaiser. Doch wunderten sie sich, daß sie in ihrem hohen Alter noch die Kraft besessen hatte, all dem Reichtum und der Macht zu entsagen, an die sie solange gewöhnt war. Oft fragten sie sich: »Ob sie nicht doch bald zu Tiberius zurückkehren möchte? Sie liebt ihn gewiß noch immer. Sie hat ihn doch nur in der Hoffnung verlassen, ihn dadurch zur Besinnung zu bringen und seinem sündhaften Leben und Treiben zu entfremden.

»Ein so alter Mann wie der Kaiser wird niemals ein neues Leben beginnen,« sagte der Arbeiter. »Wie willst Du ihn von seiner großen Menschenverachtung heilen? Wer könnte vor ihn hintreten und ihn Menschenliebe lehren? Ehe dies geschehen ist, kann er von seinem Mißtrauen und seiner Grausamkeit nicht befreit werden.«

»Du weißt, daß es *einen* gibt, der dies in Wahrheit vermöchte,« sprach sein Weib. »Ich denke oft daran, wie wohl eine Begegnung der beiden ablaufen würde. Aber Gottes Wege sind nicht unsere Wege.«

Die Greisin schien ihr früheres Leben durchaus nicht zu entbehren. Nach einiger Zeit gebar die junge Frau ein Kind, und da die Alte dies nun warten und hüten mußte, schien sie so zufrieden, daß man glauben konnte, sie habe alle ihre Sorgen vergessen.

Jedes halbe Jahr einmal pflegte sie sich in ihren langen, grauen Mantel zu hüllen und nach Rom hinab zu wandern. Aber dort suchte sie keinen Menschen auf, sondern ging geradeswegs nach dem Forum. Dort blieb sie vor einem kleinen Tempel stehen, der auf einer Seite des prächtig geschmückten Marktplatzes sich erhob. Dieser Tempel bestand eigentlich nur aus einem ungewöhnlich großen Altar, der auf einem marmorgepflasterten Hof unter freiem Himmel errichtet war. Auf der Höhe des Altars thronte Fortuna, die Glücksgöttin, und an seinem Fuße stand eine Statue des Tiberius. Rund um den Hof zogen sich Gebäude für die Priester, Schuppen für Brennholz und Ställe für die Opfertiere.

Die Wanderung der alten Faustina erstreckte sich niemals weiter als bis zu diesem Tempel, wohin alle jene pilgerten, die für Tiberius Glück erflehen wollten. Wenn sie hineinblickend gesehen hatte, daß die Göttin und die Kaiserstatue mit Blumen bekränzt waren, daß das Opferfeuer flammte, daß Scharen ehrfürchtiger Beter vor dem Altar versammelt waren, und wenn sie hörte, daß die leisen Hymnen der Priester ringsumher erklangen, dann kehrte sie um und wanderte wieder nach den Bergen hinauf.

Dadurch erfuhr sie, ohne irgendeinen Menschen fragen zu müssen, daß Tiberius noch unter den Lebenden weilte, und daß es ihm wohl erging.

Als sie diese Wanderung zum drittenmal unternahm, harrte ihrer eine schmerzliche Ueberraschung. Sie fand bei ihrer Annäherung den kleinen Tempel verödet und leer.

Kein Feuer flammte vor der Statue, und kein einziger Beter war zu erblicken. Vertrocknete Kränze hingen noch immer an der einen Seite des Altars, aber dies war auch alles, was von dessen früherer Herrlichkeit zeugte. Die Priester waren verschwunden, und die Kaiserstatue, die unbehütet dastand, war beschädigt und mit Schmutz beworfen.

Die Greisin wandte sich an den ersten besten Vorübergehenden und fragte:

»Was hat das zu bedeuten? Ist Tiberius tot? Haben wir einen neuen Kaiser?«

»Nein,« entgegnete der Römer, »Tiberius ist noch Kaiser, aber wir haben aufgehört, für ihn zu beten. Unsere Gebete können ihm nicht mehr helfen.«

»Mein Freund,« sprach die Greisin, »ich wohne weit entfernt in den Bergen, wo man nichts davon erfährt, was draußen in der Welt geschieht. Willst Du mir wohl sagen, welches Unglück den Kaiser betroffen hat?«

»Das schrecklichste Unglück, das man sich denken kann,« sagte der Mann. »Er ist von einer Krankheit befallen, die man in Italien noch gar nicht kannte, die aber im Morgenlande häufig vorkommen soll. Seit dieses Uebel den Kaiser ergriffen hat, ist sein Antlitz ganz verwandelt, seine Stimme gleicht der eines grunzenden Tieres, und seine Zehen und Finger verfaulen. Und gegen diese Krankheit soll es kein Heilmittel geben! Man glaubt, daß er nach einigen Wochen sterben wird, und falls er nicht stirbt, muß man ihn absetzen, denn ein so kranker, elender Mann kann nicht länger die Regierung in Händen halten. Du begreifst also, daß er abgetan ist. Es nützt nichts, von den Göttern Glück für ihn herabzuflehen. Und es lohnt sich auch gar nicht,« setzte er mit leisem Lächeln hinzu. »Von ihm hat keiner mehr etwas zu fürchten oder zu hoffen. Weshalb sollten wir uns also um seinetwillen noch Mühe machen?«

Er grüßte und ging, die Greisin aber blieb wie betäubt stehen.

Zum erstenmal in ihrem Leben brach sie zusammen und sah aus wie jemand, den das Alter gebrochen hat. So stand sie mit gebeugtem Rücken und schwankendem Haupte da, und ihre Hände tappten kraftlos in der Luft umher.

Sie sehnte sich danach, diese Stelle zu verlassen, konnte aber die Füße nur langsam bewegen und ging strauchelnd weiter. Sie blickte ringsumher, um etwas zu finden, was ihr als Stab dienen könnte.

Dennoch gelang es ihr nach einigen Augenblicken, mit ungeheurer Willensanspannung ihre Mattigkeit zu überwinden. Sie richtete sich wieder auf und zwang sich, mit festen Schritten durch die volksbelebten Straßen zu gehn.

4

Eine Woche später erstieg die alte Faustina die steilen Abhänge der Insel Capri. Es war ein heißer Tag, und das entsetzliche Gefühl des Alters und der Mattigkeit überkam sie wieder, während sie auf gewundenen Stegen und auf den in die Felsen gehauenen Stufen sich zu der Villa des Tiberius emporschleppte.

Dieses Gefühl verstärkte sich noch, als sie zu merken begann, wie sehr sich alles während ihrer Abwesenheit gewandelt hatte. Auf diesen Treppen waren früher stets große Scharen von Menschen hinauf und hinab geeilt. Hier hatte es von Senatoren gewimmelt, die sich von riesenhaften Libyern tragen ließen, und hier erschienen Sendlinge aus den Provinzen, die von langen Sklavenzügen begleitet waren, es kamen Aemter suchende und vornehme Männer, die zu den Festen des Kaisers eingeladen waren.

Heute waren diese Treppen und Pfade gänzlich verödet. Die graugrünen Eidechsen waren die einzig lebenden Geschöpfe, welche die Greisin auf ihrem Wege sah.

Sie war bestürzt, daß alles bereits dem Verfall nahe schien. Die Krankheit des Kaisers konnte höchstens einige Monate gedauert haben, und dennoch wucherte schon Gras in den Spalten zwischen den Marmorfliesen. Edle Gewächse, die in schönen Gefäßen geprangt hatten, waren vertrocknet, und rohe Zerstörer hatten, von niemandem gehindert, an mehreren Stellen die Balustraden niedergebrochen.

Aber am seltsamsten berührte sie doch dieses gänzliche Fehlen von Menschen. Wenn es auch allen Fremdlingen verboten war, sich auf dieser Insel zu zeigen, so mußten doch wohl die endlosen Scharen von Kriegsknechten und Sklaven, von Tänzerinnen und Musikanten, von Köchen und Tafeldeckern, von Palastwachen und Gartenarbeitern, sie alle, die zum kaiserlichen Haushalt gehörten, da sein.

Erst als Faustina die oberste Terrasse erreichte, bemerkte sie ein paar alte Sklaven, die auf den Treppenstufen vor der Villa saßen. Als sie sich ihnen näherte, standen sie auf und verneigten sich tief vor ihr.

»Sei gegrüßt, Faustina!« sagte der eine. »Gott sendet Dich, unser Unheil zu mildern.«

»Was geht hier vor, Milo?« fragte Faustina. »Warum ist es hier so öde und leer? Man sagte mir doch, daß Tiberius noch immer auf Capri wohne.«

»Der Kaiser hat alle seine Sklaven weggejagt, weil er uns beargwohnt, einer habe ihm vergifteten Wein zu trinken gegeben, und dadurch sei die Krankheit entstanden. Er hätte auch mich und Tito weggejagt, wenn wir uns nicht geweigert hätten, ihm zu gehorchen. Du weißt doch, daß wir unser ganzes Leben lang dem Kaiser und seiner Mutter gedient haben.«

»Ich frage nicht nur nach seinen Sklaven. Wo sind die Senatoren und die Feldherren? Wo sind des Kaisers Vertraute und alle die Speichellecker?«

»Tiberius will sich nicht mehr vor Fremden zeigen,« sagte der Sklave. »Der Senator Lucius und Macro, der Anführer der Leibwache, kommen jeden Tag her, um seine Befehle entgegenzunehmen. Sonst darf niemand in seine Nähe kommen.«

Faustina hatte die Treppe erstiegen, um in die Villa zu gehn. Der Sklave schritt vor ihr her, und im Weitergehen fragte sie ihn:

»Was sagen die Aerzte von der Krankheit des Tiberius?«

»Keiner von ihnen versteht diese Krankheit zu behandeln. Sie wissen nicht einmal, ob das Uebel schnell oder langsam tötet. Aber ich kann Dir nur sagen, Faustina, daß Tiberius sicher sterben muß, wenn er sich, wie bisher, weigert, Nahrung zu sich zu nehmen, aus Angst vor Vergiftung. Und ich weiß auch, daß ein kranker Mensch es nicht aushalten kann, Tag und Nacht zu wachen, wie der Kaiser tut, weil er fürchtet, im Schlaf ermordet zu werden. Wenn er Dir vertrauen wollte, wie in früheren Tagen, so könnte es Dir vielleicht gelingen, ihn zum Essen und zum Schlafen zu bestimmen. Dadurch könntest Du sein Leben um viele Tage verlängern.«

Der Sklave geleitete Faustina durch viele Gänge und Höfe bis zu einer Terrasse, wo Tiberius sich aufzuhalten pflegte, um die Aussicht über die schönen Meeresbuchten und den stolzen Vesuv zu genießen.

Als Faustina die Terrasse betrat, erblickte sie ein grausiges Geschöpf mit geschwollenem Angesicht und tierischen Zügen. Seine Hände und Füße waren mit weißen Binden umwickelt, aber aus den Binden streckten sich halb abgefaulte Finger und Zehen heraus. Und die Kleidung dieses Menschen war staubig und besudelt. Man sah, daß er unfähig war, aufrecht zu gehen, und daß er nur auf der Terrasse herumkriechen konnte. Er lag mit geschlossenen Augen am fernsten Ende der Balustrade und bewegte sich nicht einmal, als der Sklave und Faustina herankamen.

Aber Faustina flüsterte dem voranschreitenden Sklaven zu: »Was bedeutet das, Milo, wie kommt ein solcher Mensch hier auf die Kaiserterrasse? Beeile Dich und schaffe ihn fort!« Doch kaum hatte sie diese Worte gesprochen, als sie auch schon gewahrte, daß der Sklave sich vor dem am Boden liegenden, elenden Menschen tief zur Erde neigte.

»Cäsar Tiberius,« sprach er, »endlich habe ich Dir eine frohe Botschaft zu bringen.« Zugleich wandte sich der Sklave nach Faustina um, fuhr aber bestürzt zurück und vermochte kein Wort mehr zu reden.

Er erblickte nicht mehr die stolze Matrone, die so stark ausgesehen hatte, daß man vermuten konnte, ihr Alter würde dem einer Sibylle gleichkommen. In kraftloser Greisenhaftigkeit war sie zusammengesunken, und eine gebeugte, alte Frau mit trübem Blick und mit tastenden Händen sah der Sklave vor sich.

Zwar hatte man Faustina erzählt, daß der Kaiser schrecklich verändert sei, aber sie hatte doch keinen Moment aufgehört, sich ihn als den kräftigen Mann vorzustellen, der er noch gewesen war, als sie ihn zuletzt gesehen hatte. Auch hatte sie jemanden sagen hören, daß diese Krankheit langsam wirke, und daß sie eine Reihe von Jahren brauche, um einen Menschen zu entstellen. Hier jedoch war sie so reißend fortgeschritten, daß sie den Kaiser bereits nach wenigen Monaten unkenntlich gemacht hatte.

Faustina wankte auf den Kaiser zu, vermochte aber nicht zu sprechen, sondern blieb stumm und weinend neben ihm stehn.

»Bist Du nun gekommen, Faustina?« sagte er, ohne die Augen zu öffnen. »Hier liege ich und bilde mir ein, daß Du bei mir stehst und über mich weinst. Ich wage es nicht, aufzublicken, weil ich fürchte, es könnte ein Trug sein.«

Da setzte die Greisin sich zu ihm. Sie hob seinen Kopf und bettete ihn in ihren Schoß.

Aber Tiberius blieb ganz still liegen, ohne sie anzublicken. Ein köstliches Ruhegefühl umfing ihn, und im nächsten Augenblick versank er in tiefen Schlaf.

5

Einige Wochen später wanderte einer der kaiserlichen Sklaven der einsamen Hütte in den Sabinerbergen zu. Es war gegen Abend, und der Winzer stand mit seinem Weibe in der Tür, um die Sonne im fernen Westen sinken zu sehn. Der Sklave bog vom Wege ab und trat grüßend auf sie zu. Dann zog er einen mächtigen Beutel aus seinem Rocke und legte ihn in des Mannes Hand.

»Dies sendet Dir Faustina, die Greisin, gegen die Ihr barmherzig gewesen seid,« sprach der Sklave. »Sie bittet Dich, Du mögest Dir für dieses Geld einen eigenen Weinberg kaufen und eine Wohnstätte bauen, die nicht so hoch oben in den Lüften schwebt wie des Adlers Horst.«

»Also die greise Faustina lebt wirklich noch?« rief der Mann aus. »Wir haben in Klüften und Sümpfen nach ihr geforscht. Als sie nicht zu uns zurückkehrte, glaubte ich schon, sie hätte in diesen elenden Bergen ihren Tod gefunden.«

»Erinnerst Du Dich nicht,« fiel sein Weib ein, »daß ich an ihren Tod nicht glauben wollte? Habe ich Dir nicht gesagt, sie sei zum Kaiser zurückgekehrt?«

»Ja,« bestätigte der Mann, »das hast Du gesagt, und ich freue mich, daß Du recht hattest, nicht nur weil Faustina so reich genug wurde, um uns in unserer Armut beizustehen, sondern auch um des armen Kaisers willen.«

Der Sklave wollte sich nun sogleich verabschieden, um vor Einbruch der dunklen Nacht bewohnte Gegenden zu erreichen, aber die beiden Eheleute wollten es nicht zugeben. »Du mußt noch bis morgen bei uns bleiben,« baten sie. »Wir können Dich nicht heimkehren lassen, ehe Du uns alles berichtet hast, was Faustina seither erlebt hat. Warum ist sie zum Kaiser zurückgekehrt? Wie war die Begegnung? Sind sie nun glücklich, wieder vereint zu sein?«

Der Sklave gab ihren Bitten nach. Er folgte ihnen in die Hütte und erzählte beim Nachtmahl von des Kaisers Krankheit und von der Rückkehr Faustinas.

Als der Sklave seine Erzählung beendet hatte, sah er, daß die Eheleute unbeweglich, wie betäubt vor Staunen dasaßen. Ihre Blicke waren zu Boden gesenkt, als wollten sie die Erregung, die sie überwältigt hatte, nicht verraten.

Schließlich blickte der Mann auf und sprach zu seinem Weibe: »Glaubst Du nicht, daß dies göttliche Fügung ist?«

»Ja,« sprach die junge Frau, »der Herr hat uns gewiß über das Meer nach dieser Hütte gesandt. Gewiß lag dies in seiner Absicht, da er die alte Frau hier an unsere Tür führte.«

Als die Frau so gesprochen hatte, wandte sich der Winzer an den Sklaven.

»Freund!« sprach er zu ihm. »Du sollst Faustina eine Botschaft von mir überbringen. Wiederhole sie ihr Wort für Wort! Dein Freund, der Winzer aus den Sabinerbergen, entbietet Dir seinen Gruß. Du hast die junge Frau gesehen, die mein Weib ist. Erschien sie Dir nicht lieblich in ihrer Schönheit und blühend in Gesundheit? Und dennoch litt dieses junge Weib einst an derselben Krankheit, die jetzo Tiberius ergriffen hat.«

Der Sklave schüttelte verwundert den Kopf, aber der Winzer sprach mit immer wachsendem Nachdruck.

»Wenn Faustina sich weigern sollte, meinen Worten zu glauben, so sage ihr, daß ich und mein Weib aus Palästina in Asien herstammen, wo diese Krankheit häufig vorkommt! Und es gibt dort ein Gesetz, nach dem die Aussätzigen aus Städten und Dörfern verjagt werden müssen, um in öden Gegenden zu hausen und sich Wohnstätten in Gräbern und Felsenhöhlen zu suchen. Sage Faustina, daß mein Weib in solch einer Felsenhöhle von kranken Eltern geboren wurde! Und in ihrer Kindheit war sie gesund, als sie aber zur Jungfrau erblüht war, wurde sie von der Krankheit befallen.«

Als der Winzer dies gesagt hatte, neigte der Sklave freundlich lächelnd sein Haupt und sprach zu ihm: »Wie sollte Faustina dies glauben? Sie hat ja Dein Weib in seiner Gesundheit und Schönheit gesehen? Und sie weiß ja, daß es kein Heilmittel gegen die Krankheit gibt.«

Der Mann jedoch entgegnete: »Es wäre für sie das beste, wenn sie mir glauben wollte. Aber ich bin auch nicht ohne Zeugen. So mag sie Kundschafter nach Nazareth in Galiläa senden. Dort wird jedermann meine Aussage bestätigen.«

»Ist Dein Weib vielleicht durch die Wundertätigkeit irgend eines Gottes geheilt worden?« fragte der Sklave.

»Ja,« erwiderte der Arbeiter. »Es ist so gewesen, wie Du sagst. Eines Tages drang ein Gerücht bis zu den Kranken, die in der Wildnis hausten:

›Sehet, in der Stadt Nazareth, in Galiläa, ist ein großer Prophet erstanden. Er ist voll der Kraft von Gottes Geist, und er vermag Eure Krankheit zu heilen, wenn er nur mit seiner Hand Eure Stirn berührt.‹ Aber die Kranken, die in ihrem Elend dalagen, wollten nicht glauben, daß dieses Gerücht Wahrheit sei, und sie sprachen: ›Uns vermag niemand zu heilen. Seit den Tagen der großen Propheten hat niemand einen einzigen von uns aus seinem Unglück erretten können.‹

Aber es war eine unter ihnen, die da glaubte, und diese eine war eine junge Magd. Sie verließ die anderen, um sich einen Weg nach der Stadt Nazareth zu suchen, wo der Prophet seine Wohnstatt hatte. Und eines Tages, als sie über weite Ebenen wanderte, begegnete sie einem hochgewachsenen Manne mit bleichem Antlitz, dessen Haar in gleichmäßigen, schwarzen Locken herabhing. Seine dunklen Augen leuchteten wie Sterne und zogen sie zu ihm hin. Aber noch ehe sie sich trafen, rief sie ihm zu: ›Komm mir nicht nahe, denn ich bin eine Unreine! Doch sage mir, wo ich den Propheten aus Nazareth finden kann.‹ – Doch der Mann näherte sich ihr immer mehr, bis er dicht vor ihr stand, dann fragte er: ›Warum suchst Du den Propheten aus Nazareth?‹ – ›Ich suche ihn, auf daß er seine Hand an meine Stirn lege, um mich von meiner Krankheit zu heilen.‹ – Da trat der Mann auf sie zu und legte seine Hand auf ihre Stirn. – Sie aber sprach zu ihm: ›Was hilft es mir, daß *Du* Deine Hand auf meine Stirn legst? Du bist doch kein Prophet?‹ – Da lächelte er ihr zu und sprach: ›Gehe nun zur Stadt, die dort auf dem Bergesabhang liegt, und zeige Dich den Priestern!‹

Die Kranke dachte bei sich selbst: Er spottet meiner, weil ich glaube, daß ich geheilt werden kann. Durch ihn werde ich nicht erfahren, was ich wissen möchte. Und sie ging weiter. Gleich darauf sah sie einen Mann, der zur Jagd auszog, über die weite Ebene reiten. Als er so nahe war, daß er sie hören konnte, rief sie ihm zu: ›Nähere Dich mir nicht, ich bin eine Unreine! Doch sage mir, wo ich den Propheten aus Nazareth finden kann!‹ – ›Was begehrst Du von dem Propheten?‹ fragte der Mann und ritt langsam auf sie zu. – ›Ich möchte nur, daß er seine Hand auf meine Stirn lege, damit ich von meiner Krankheit genese.‹ Aber der Mann ritt noch näher heran und fragte: ›Von welcher Krankheit wünschest Du geheilt zu werden? Du bedarfst doch keines Arztes.‹ – ›Erkennst Du denn nicht, daß ich eine Unreine bin?‹ sagte sie. ›Ich bin von kranken Eltern in einer Felsenhöhle geboren worden.‹ Doch der Mann ritt immer näher heran, denn sie war schön und rosig wie eine frisch erblühte Blume. – ›Du bist die schönste Jungfrau im Lande Judäa,‹ rief er aus. – ›Spotte nicht auch Du meiner,‹ entgegnete sie. ›Ich weiß, daß mein Angesicht zerfressen ist und meine Stimme wie das Geheul wilder Tiere.‹ Er aber blickte ihr tief in die Augen und sprach: ›Deine Stimme erklingt so hold wie das Murmeln des Frühlingsbaches, das über Kieselgestein rieselt, und Dein Antlitz ist zart wie ein weißes Seidentüchlein.‹

Gleichzeitig ritt er so nahe heran, daß sie ihr Gesicht in den blanken Beschlägen, die seinen Sattel schmückten, erkennen konnte. ›Hier kannst Du Dich spiegeln,‹ sagte er. Sie tat also und sah ein Antlitz, das zart und weich war, wie frisch entfaltete Schmetterlingsflügel. – ›Was spiegelt sich dort ab? Das ist nicht *mein* Gesicht.‹ – ›Ja, doch, es ist Dein Antlitz,‹ antwortete der Reiter. – ›Aber klingt meine Stimme nicht wie Röcheln? Klingt sie nicht wie das Wagenrasseln auf steinigem Wege?‹ – ›Nein, sie erklingt wie das lieblichste Lied eines Zitherspielers,‹ antwortete der Reiter.

Sie wandte sich um und wies auf den Weg hinaus. – ›Weißt Du, wer jener Mann ist, der dort eben hinter den zwei Eichen verschwindet?‹ fragte sie den Reiter. – ›Das ist ja der, nach dem Du eben fragtest, der Prophet aus Nazareth,‹ antwortete der Mann.

Da schlug sie in höchster Verwunderung die Hände zusammen, und Tränen traten in ihre Augen. – ›O, Du Heiliger! O, Du Träger von Gottes Macht!‹ rief sie aus. ›Du hast mich geheilt!‹

Und der Reiter hob sie in den Sattel und brachte sie zur Stadt auf dem Bergesabhang, ging mit ihr zu den Aeltesten und den Priestern und erzählte, wie er sie gefunden hatte. Sie alle befragten ihn ganz genau, als sie aber vernahmen, daß die Jungfrau in der Wildnis von kranken Eltern geboren sei, wollten sie nicht an ihre Heilung glauben und sprachen: ›Gehe dorthin zurück, von wannen Du gekommen bist! Wenn Du krank warst, so mußt Du Dein Leben lang diese Krankheit tragen. Du darfst nicht in diese Stadt kommen, weil Du uns mit Deiner Krankheit anstecken würdest.‹

Sie aber entgegnete ihnen: ›Ich weiß, daß ich genesen bin, denn der Prophet aus Nazareth hat seine Hand auf meine Stirn gelegt.‹

Als sie diese Worte vernahmen, riefen sie: ›Wer ist er, daß er die Unreinen zu Reinen machen könnte? Es ist alles nur ein Blendwerk der bösen Geister. Kehre zu den Deinen zurück, auf daß Du nicht uns alle ins Verderben bringst!‹

Sie wollten die Magd nicht für geheilt erklären und verboten ihr, in der Stadt zu bleiben. Und sie verkündeten, daß jeder, der ihr Schutz und Obdach gewähren würde, auch als unrein gelten solle.

Als die Priester dieses Urteil gesprochen hatten, sagte die Jungfrau zu dem Manne, der sie draußen auf dem Felde gefunden hatte: ›Wohin soll ich nun gehen? Muß ich wieder in die Wildnis hinaus zu den Kranken wandern?‹

Doch der Mann hob sie wiederum auf sein Pferd und sprach zu ihr: ›Nein, Du sollst mitnichten zu den Kranken in ihre Felsenhöhlen gehn, sondern wir beide werden mitsammen über das Meer ziehen, in ein anderes Land, das keine Gesetze für Reine und Unreine kennt. Und sie – –«

Als aber der Winzer bis hierher gekommen war, erhob sich der Sklave und unterbrach ihn. »Du, brauchst mir nichts mehr zu erzählen. Stehe lieber auf und geleite mich des Weges, denn Du kennst das Gebirge, damit ich noch in dieser Nacht den Heimweg antreten kann und nicht bis morgen warten brauche! Der Kaiser und Faustina können Deine Botschaft keinen Augenblick zu früh erfahren.«

Als der Winzer den Sklaven durch die Berge geleitet hatte und wieder seine Hütte betrat, fand er sein Weib noch wach.

»Ich kann nicht schlafen,« sagte sie. »Ich denke daran, daß die beiden sich begegnen werden. Jener, der alle Menschen *liebt*, und dieser, der sie alle *haßt*. Es ist, als müßte diese Begegnung den Lauf der Welt in andere Bahnen lenken.«

6

Die alte Faustina war in dem fernen Palästina, auf dem Wege nach Jerusalem. Sie hatte nicht gewollt, daß einem anderen als ihr der Auftrag anvertraut werde, den Propheten zu suchen und ihn zum Kaiser zu geleiten. Sie hatte sich dabei sicherlich gedacht: »Das, was wir von diesem fremden Manne wünschen, ist etwas, was wir ihm weder mit Gewalt noch durch Geschenke entlocken können. Doch vielleicht erfüllt er unsere Bitte, wenn ihm jemand zu Füßen sinkt und ihm die Not des Kaisers schildert. Wer aber könnte die rechte Fürbitte für Tiberius tun, wenn nicht diejenige, die durch sein Unglück ebenso bitter leidet wie er selbst?«

Die Hoffnung, Tiberius zu erretten, hatte Faustina verjüngt. Ohne Beschwerden hatte sie die lange Seefahrt nach Jaffa überstanden, und nach Jerusalem reiste sie nicht in der Sänfte, sondern zu Pferde. Sie schien die mühsame Reise ebenso gut zu ertragen wie die edlen Römer, die Kriegsknechte und die Sklaven, die ihr Gefolge bildeten.

Die Wanderung von Jaffa nach Jerusalem erfüllte das Herz der Greisin mit Freude und lichter Hoffnung. Es war um die Frühlingszeit, und die Ebene von Saron, durch die sie einen vollen Tag ritten, war ein einziger leuchtender Blumenteppich. Auch am zweiten Tage, als sie die Berge von Judäa erreicht hatten, fehlte es an Blumen nicht. Alle die vielgestaltigen Berge, zwischen denen der Weg sich hinschlängelte, waren mit Obstbäumen bepflanzt, die in reichster Blüte prangten. Und wenn die Reisenden sich an den weißrosigen Blüten der Aprikosen-und Pfirsichbäume satt gesehen hatten, konnten sie ihre Augen auf dem jungen Weinlaub ruhen lassen, das sich zwischen den schwarzbraunen Rebenstämmen hervordrängte, und dessen Wachstum so schnell war, daß man glaubte, ihm mit den Blicken folgen zu können.

Aber nicht allein die Blumen und das Frühlingsgrün machten diese Wanderung heiter. Am meisten trugen dazu alle die Menschenscharen bei, die sich an diesem Morgen auf dem Wege nach Jerusalem befanden. Von allen Nebenwegen und Stegen, von einsamen Höhen und aus den entlegensten Winkeln des Flachlandes kamen die Wanderer. Sobald sie auf der Landstraße waren, die nach Jerusalem führte, vereinigten sich die Getrennten zu großen Scharen und zogen unter frohem Jubel dahin. Ein alter Greis auf schaukelndem Kamel war von seinen Söhnen und Töchtern, seinen Schwiegertöchtern, Eidamen und Enkelkindern umgeben, die alle neben ihm hinschritten. Es war eine so große Familie, daß sie allein schon einem kleinen Heer gleichkam. Eine alte Mutter, die zum Gehen zu schwach war, wurde von ihren Söhnen auf den Armen getragen, und sie ließ es stolz geschehen, während die Menschenmenge ehrfurchtsvoll zur Seite wich.

Es war ein Morgen, der auch den Traurigsten mit Freude erfüllen konnte. Der Himmel war nicht klar, sondern mit einer schwachen, weißgrauen Wolkenschicht überzogen, aber keiner der Weggenossen dachte auch nur im entferntesten daran, sich zu beklagen, daß der stechende Sonnenglanz dadurch gedämpft war. Unter diesem verschleierten Himmel strömten die Düfte der blühenden Bäume und des frischen Laubes nicht so schnell wie sonst in die Weite hinaus, sondern schwebten ruhig über Wegen und Feldern. Und der schöne Tag. der mit seiner matten Helligkeit und seiner Windstille an die Ruhe und den Frieden der Nacht gemahnte, schien allen den vorwärts strebenden Menschen etwas von seinem Wesen mitzuteilen, so daß sie zwar fröhlich, jedoch auch feierlich dahinzogen. Sie sangen mit gedämpfter Stimme uralte Hymnen oder spielten auf seltsamen, altertümlichen Instrumenten, aus denen Töne drangen, die dem Summen der Mücken oder dem Zirpen der Grillen ähnlich waren.

Als die greise Faustina inmitten all dieser Menschen dahinritt, wurde sie von deren Eifer und Freude angesteckt. Sie trieb ihren Renner zu hurtiger Gangart, während sie zu einem jungen Römer, der neben ihr herritt, sprach: »Ich träumte heute Nacht von Tiberius. Er bat mich, diese Reise nicht aufzuschieben, sondern just heute nach Jerusalem zu ziehen. Es ist, als wollten die Götter mir eine Mahnung senden, es nicht zu verabsäumen, an diesem herrlichen Morgen dorthin zu eilen.«

Gerade in diesem Augenblick hatten sie den Gipfel eines langgestreckten Bergrückens erreicht, und dort hielt sie unwillkürlich ihr Pferd an. Vor ihr lag ein weiter, tiefer Talkessel, von herrlichen Bergen umkränzt, und aus der dunklen, schattigen Tiefe des Tales erhob sich der gewaltige Felsen, der auf seinem Gipfel die Stadt Jerusalem trug.

Aber die kleine Bergstadt, die mit ihren Mauern und Türmen gleich einem kronenartigen Geschmeide auf der flachen Felsenhöhe ruhte, war an jenem Tage tausendfach vergrößert. Alle Anhöhen um das Tal waren von bunten Zelten und Menschenscharen bedeckt.

Faustina erkannte, daß die ganze Bevölkerung des Landes sich in Jerusalem versammelte, um irgendeinen hohen Feiertag zu begehen. Die entfernter Wohnenden waren schon angelangt und hatten ihre Zelte aufgeschlagen und eingerichtet, wogegen die in der Nähe der Stadt Wohnenden erst heranzogen. Von all den lichten Bergeshöhen sah man sie kommen, wie eine ununterbrochene Flut von weißen Gewändern, Gesängen und Festfreude.

Die Greisin betrachtete eine Zeit die wogenden Menschenscharen und die langen Zeltreihen. Dann sprach sie zu dem jungen Römer, der neben ihr herritt:

»Wahrlich, Sulpicius, das ganze Volk scheint nach Jerusalem gekommen zu sein.«

»So ist es,« erwiderte der Römer, der von Tiberius zum Begleiter Faustinas ausersehen worden war, weil er mehrere Jahre in Judäa zugebracht hatte. »Sie feiern jetzt ihr großes Frühlingsfest, und zu diesem ziehen alle Menschen, ob alt, ob jung, nach Jerusalem.«

Faustina dachte einen Augenblick nach und sagte dann: »Ich freue mich, daß wir gerade an dem Tage in diese Stadt gekommen sind, wo das Volk seinen Feiertag begeht. Es ist das beste Zeichen, daß die Götter unserem Vorhaben gnädig sind. Bist Du nicht auch der Meinung, daß *er*, den wir suchen, der Prophet aus Nazareth, höchstwahrscheinlich auch nach Jerusalem gekommen ist, um an diesem Fest teilzunehmen?«

»Du hast recht, Faustina,« antwortete der Römer. »Er ist wahrscheinlich schon jetzt hier in Jerusalem. Das ist fürwahr eine göttliche Fügung. So kräftig und gesund Du auch bist, sollst Du Dich doch glücklich preisen, daß Du die lange und beschwerliche Wanderung nach Galiläa wohl unterlassen kannst.«

Er ritt sogleich auf einige Wanderer zu, die eben vorbeizogen, und fragte sie, ob sie glaubten, daß der Prophet aus Nazareth sich in Jerusalem aufhalte.

»Wir haben ihn alljährlich um diese Zeit dort gesehen,« antwortete einer der Wandernden: »Sicherlich ist er auch in diesem Jahr gekommen, denn er ist ein frommer und gerechter Mann.«

Ein Weib streckte die Hand aus, wies auf einen östlich von der Stadt gelegenen Berg hin und sprach: »Siehst Du dort den mit Olivenbäumen bewachsenen Bergabhang? Dort pflegen die Galiläer ihre Zelte aufzuschlagen, und dort wirst Du die sicherste Auskunft über ihn erhalten, den Du suchest.«

Sie zogen weiter, gelangten auf einem gewundenen Wege nach dem Talkessel hinunter und ritten dann den Berg Zion hinauf, um die Stadt auf seinem Gipfel zu erreichen. Der steil emporführende Weg war hier an beiden Seiten von niedrigen Mauern begrenzt, und auf diesen hockten und lagen zahllose Bettler und Krüppel, welche die Barmherzigkeit der Vorübergehenden anriefen.

Während des langsamen Aufstiegs trat eine der jüdischen Frauen auf Faustina zu und sprach, indes sie ihr einen auf der Mauer hackenden Bettler zeigte: »Sieh, dort sitzt ein galiläischer Mann. Ich entsinne mich, ihn unter den Jüngern des Propheten gesehen zu haben. Der wird Dir sagen, wo Du ihn finden kannst, den Du suchest.«

Faustina ritt mit Sulpicius auf jenen Bettler zu. Es war ein armer, alter Mann mit einem langen, halb ergrauten Bart. Sein Gesicht war von Hitze und Sonnenglut tief gebräunt, und seine Hände zeigten Arbeitsschwielen. Er verlangte nicht nach Almosen; er war so tief in kummervolle Gedanken versunken, daß er nicht einmal zu den Vorüberziehenden aufblickte.

Er vernahm es auch gar nicht, daß Sulpicius ihn anredete, so daß dieser seine Frage einigemal wiederholen mußte.

»Mein Freund, man sagte mir, Du seiest ein Galiläer. Daher bitte ich Dich, mir zu sagen, wo ich den Propheten aus Nazareth finden kann.«

Der Galiläer schrak heftig zusammen und blickte verstört umher. Als er jedoch endlich verstand, was man von ihm wollte, packte ihn ein mit Entsetzen gemischter Zorn. »Was redest

Du?« schrie er ihm zu. »Warum fragst Du mich nach jenem Manne? Ich weiß nichts von ihm. Ich bin kein Galiläer.«

Nun mischte sich das jüdische Weib ins Gespräch: »Ich sah Dich doch in seiner Gesellschaft. Fürchte Dich nicht, sondern sage dieser vornehmen Römerin, die des Kaisers Freundin ist, wo sie ihn am schnellsten finden kann!«

Der entsetzte Jünger wurde jedoch immer heftiger und schrie: »Sind denn heute alle Menschen toll geworden? Ist ein böser Geist in sie gefahren, daß sie alle auf einmal kommen, um mich nach jenem Manne zu fragen? Warum will mir denn keiner glauben, wenn ich es doch versichere, daß ich diesen Propheten gar nicht kenne? Ich komme nicht aus seiner Gegend. Ich habe ihn noch niemals gesehen.«

Sein Ungestüm zog die Aufmerksamkeit auf ihn hin, und einige Bettler, die neben ihm auf der Mauer saßen, widersprachen ihm gleichfalls:

»Du gehörtest ganz sicherlich zu seinen Jüngern. Wir alle wissen, daß Du mit ihm aus Galiläa gekommen bist.«

Aber der Mann erhob beide Arme gen Himmel empor und rief: »Ich konnte es heute drinnen in Jerusalem um jenes Mannes willen nicht mehr aushalten, und nun läßt man mich nicht einmal hier draußen inmitten der Bettler in Frieden. Warum wollt Ihr es mir nicht glauben, wenn ich sage, daß ich ihn nie gesehen habe?«

Faustina wandte sich mit einem Achselzucken ab und sprach: »Laß uns weiterziehen. Dieser Mann ist wahnsinnig. Von ihm werden wir nichts erfahren können.«

Sie zogen weiter bergaufwärts. Als Faustina kaum zwei Schritte vom Stadttor entfernt war, rief die Israelitin, die ihr zur Auffindung des Propheten hatte verhelfen wollen, sie möge sich in acht nehmen. Sie zog die Zügel an und sah, daß dicht vor den Hufen ihres Pferdes ein Mann am Boden lag. Im Staube war er hingestreckt, wo das Gedränge am dichtesten war, und es war ein Wunder, daß er nicht längst von Tieren oder Menschen niedergetreten worden war.

Der Mann lag auf dem Rücken und starrte mit erloschenen, glanzlosen Augen zum Himmel empor. Er lag regungslos, obwohl die Kamele ihre schweren Füße dicht neben ihm auf den Boden setzten. Er war armselig gekleidet und obendrein mit Staub und Erde befleckt. Dazu hatte er so viel Sand über sich gebreitet, daß es den Anschein gewann, als suche er sich zu verbergen, um leichter überritten oder zerstampft zu werden.

»Was bedeutet das? Warum liegt dieser Mann hier auf dem Wege?« fragte Faustina.

Alsogleich begann der am Boden Liegende den Vorüberziehenden zuzurufen: »Brüder und Schwestern, bei Eurer Barmherzigkeit, führet Eure Pferde und Lasttiere über mich hin! Weichet mir nicht aus! Zerstampfet mich zu Staub! Ich verriet unschuldig Blut! Zerstampfet mich zu Staub!«

Sulpicius faßte Faustinas Pferd am Zügel und lenkte es beiseite. »Das ist ein Sünder, der Buße tun will,« sagte er. »Laß Dich dadurch nicht länger aufhalten! Dieses Volk ist sehr absonderlich, und man muß diese Menschen ihre eigenen Wege gehen lassen.«

Der Mann am Boden fuhr fort zu rufen: »Setzet Eure Fersen auf mein Herz! Lasset Eure Kamele meine Brust zerstampfen und die Esel ihre Hufe in meine Augen bohren!«

Doch Faustina meinte, nicht vorüberreiten zu können, ohne daß sie versuchte, den Unglücklichen zum Aufstehen zu bewegen. Sie wartete noch immer neben ihm.

Die Israelitin, die ihr schon einmal hatte beistehen wollen, drängte sich nun wieder bis zu ihr hin. »Auch dieser Mann gehörte zu den Jüngern des Propheten,« sagte sie. »Soll ich ihn nach seinem Meister fragen?«

Faustina nickte bejahend. Das Weib beugte sich über den am Boden Liegenden und fragte: »Was habt Ihr Galiläer denn heute mit Eurem Meister getan? Ich treffe Euch auf Wegen und Stegen zerstreut, ihn aber erblicke ich nirgends.«

Aber während ihrer Frage hob der Mann im Straßenstaube sich auf seine Knie empor. »Welch ein böser Geist hat Dir eingegeben, mich nach *ihm* zu fragen?« sagte er mit einer Stimme, die in Verzweiflung bebte. »Du siehst doch, daß ich mich in den Straßenstaub geworfen habe, um zertreten zu werden. Ist Dir das noch nicht genug? Mußt Du nun auch noch kommen und mich fragen, was ich mit ihm getan habe?«

»Ich begreife nicht, was Du mir vorzuwerfen hast,« antwortete die Israelitin. »Ich möchte ja nur erfahren, wo Du Deinen Meister gelassen hast.«

Als sie die Frage wiederholte, sprang der Mann auf und hielt sich mit beiden Händen die Ohren zu.

»Wehe Dir, daß Du mich nicht in Frieden sterben lassen willst!« rief er. Und indem er sich durch die Volksmenge Bahn brach, die sich vor dem Stadttor zusammendrängte, stürzte er, vor Entsetzen aufheulend, von dannen, und seine zerfetzten Gewänder umflatterten ihn wie dunkle Flügel.

»Mich dünkt es, daß wir zu einem Volk von Wahnwitzigen gekommen sind,« sagte Faustina, als sie den Mann entfliehen sah. Der Anblick dieser Jünger des Propheten hatte sie tief betrübt. Konnte ein Mann, der solche Wahnsinnigen in seiner Jüngerschar hatte, etwas für den Kaiser tun?

Auch die Israelitin sah kummervoll aus und sprach mit tiefem Ernst zu Faustina:

»Gebieterin, zögere nicht *den* aufzusuchen, den Du finden möchtest! Ich fürchte, daß ihn ein Unglück heimgesucht hat, denn seine Jünger sind so von Sinnen, daß sie es nicht ertragen können, von ihm auch nur reden zu hören.«

Faustina ritt mit ihrem Gefolge endlich durch das Torgewölbe. Sie kamen durch enge, düstere Gassen, in denen es von Menschen wimmelte. Es schien fast unmöglich, dort vorwärts zu kommen. Mal auf mal mußten die Reitenden ihre Pferde anhalten. Die Sklaven und die Kriegsknechte bemühten sich vergeblich, den Weg frei zu machen. Die Menschen drängten sich unaufhörlich in einem dichten, unhemmbaren Strome vorbei.

»Wahrhaftig,« sprach die Greisin zu Sulpicius, »Roms Straßen sind im Vergleich mit diesen Gassen stille, ruhige Gärten zu nennen.«

Sulpicius erkannte bald, daß fast unüberwindliche Schwierigkeiten ihrer warteten, und sagte:

»Man wird in diesen überfüllten Straßen wohl leichter gehen als reiten können. Vorausgesetzt, daß Du nicht gar zu müde bist, würde ich Dir raten, bis zum Palast des Landpflegers zu Fuß zu gehen. Zwar ist es eine weite Strecke, wenn wir aber reiten sollen, so werden wir ganz gewiß nicht vor Mitternacht hingelangen.«

Faustina war sofort einverstanden. Sie stieg vom Pferde und übergab es einem der Sklaven. Dann begannen die Römer insgesamt ihre Fußwanderung durch die Stadt.

Sie gelang ihnen weit besser. Ziemlich rasch drangen sie bis zum Herzen der Stadt vor, und eben zeigte Sulpicius Faustina eine halbwegs breite Straße, die sie bald erreichen mußten.

»Sieh, Faustina, wenn wir nur erst in diese Straße gelangen, so ist es überstanden, denn sie führt uns gerade nach unserer Herberge.«

Aber als sie eben in diese Straße einbiegen wollten, stießen sie auf das ärgste Hindernis.

Denn in demselben Augenblick, da Faustina an der Straße war, die sich vom Palast des Landpflegers bis zur Pforte der Gerechtigkeit und bis nach Golgatha hinzog, geleitete das Volk dort einen Gefangenen, der hinausgeführt wurde, um ans Kreuz geschlagen zu werden. Eine Schar junger, erregter Menschen raste vor ihm her. Sie stürmten wild durch die Straße, sie streckten wie in Begeisterung die Arme empor und stießen ein unverständliches Freudengebrüll aus, weil sie bald etwas sehen sollten, was sich ihnen nicht jeden Tag darbot.

Ihnen folgten Scharen von Menschen in Seidengewändern. Sie schienen zu den vornehmsten und höchsten Personen der Stadt zu gehören. Hinter ihnen schritten Frauen, von denen viele bitterlich weinten. Eine Gruppe von Bettlern und Krüppeln stieß ein ohrenzerreißendes Geschrei aus. Die Verzweifelten riefen:

»O Gott! Rette ihn! Sende Deine Engel herab und errette ihn! Sende ihm einen Helfer in seiner bittersten Not!«

Endlich nahten einige römische Söldner auf großen Pferden. Sie wachten darüber, daß keiner aus der Volksmenge zu dem Gefangenen stürze und ihn zu befreien versuche. Gleich hinter ihnen kamen die Henkersknechte, die den Mann geleiten mußten, der gekreuzigt werden sollte.

Sie hatten ihm ein großes, schweres Holzkreuz auf die Schultern geladen, er aber war zu schwach für diese Last. Sie drückte ihn so, daß sein Körper sich darunter tief zum Boden niederbeugte. Sein Haupt war so tief gesenkt, daß niemand sein Antlitz erkennen konnte.

Faustina stand am Eingang der kleinen Nebengasse und sah der schweren Wanderung des zum Tode Verurteilten zu. Staunend gewahrte sie, daß er einen Purpurmantel trug und eine Dornenkrone auf sein Haupt gedrückt worden war.

»Wer ist der Mann?« fragte sie.

Einer der Umstehenden antwortete ihr: »Das ist einer, der sich zum Kaiser machen wollte.«

»So muß er den Tod für etwas erleiden, das wenig erstrebenswert ist,« sprach die Greisin wehmütig.

Der Verurteilte wankte unter dem Kreuze. Seine Schritte wurden immer langsamer. Die Henkersknechte hatten einen Strick um seinen Leib geschlungen und begannen daran zu zerren, um ihn schneller vorwärts zu treiben. Als sie aber den Strick fester anzogen, sank der Mann um und blieb mit dem Kreuze über sich liegen.

Da entstand ein gewaltiger Lärm. Die römischen Reiter vermochten nur mit großer Mühe das Volk zurückzuhalten. Sie zogen ihre Schwerter gegen einige Frauen, die vorzudringen suchten, um dem Niedergesunkenen beizustehen. Die Henkersknechte wollten ihn mit Schlägen und Stößen zwingen, sich zu erheben, er aber vermochte es nicht des Kreuzes wegen. Schließlich packten einige von ihnen das Kreuz an, um es aufzuheben.

Da richtete er sein Haupt empor, und die greise Faustina sah sein Antlitz. Die Wangen zeigten Striemen von den Schlägen, und von seiner durch die Dornenkrone verwundeten Stirn perlten Blutstropfen herab. Das Haar hing, klebrig von Schweiß und Blut, in wirren Strähnen um sein Haupt. Seine Lippen waren fest geschlossen, bebten jedoch, als kämpften sie, um einem Schrei zu wehren. Die Augen starrten, von Tränen erfüllt, fast erloschen vor Qual und Erschöpfung.

Doch unter dem Angesicht dieses halbtoten Menschen sah die Greisin wie in einer Vision ein schönes, bleiches Antlitz mit herrlichen, majestätischen Augen und sanftmütigen Zügen, und ihr Herz erbebte plötzlich in Trauer und Rührung über des fremden Mannes Unglück und Erniedrigung.

»O, was hat man Dir getan, Du armer Mensch?« rief sie aus und trat ihm einen Schritt entgegen, während ihr Tränen in die Augen traten. Bei dieses gepeinigten Menschen Not vergaß sie ihren eigenen Gram und ihre Unruhe. Ihr wollte schier das Herz vor Mitleid brechen. Gleich den anderen Frauen wollte sie hineilen, um ihn seinen Henkern zu entreißen.

Der Hingesunkene sah, daß sie auf ihn zukam, und er kroch näher an sie heran. Es war, als ob er erwartet hätte, bei ihr Schutz zu finden gegen alle jene, die ihn verfolgten und peinigten. Er umklammerte ihre Kniee. Er schmiegte sich an sie, wie ein Kind, das bei seiner Mutter Rettung sucht.

Die Greisin beugte sich über ihn, und obwohl ihre Tränen strömten, empfand sie die seligste Freude darüber, daß er schutzflehend zu ihr gekommen war. Mit einem Arm umfaßte sie seinen Nacken, und so wie eine Mutter vor allem die Tränen ihres Kindes trocknet, legte sie ihr Schweißtuch von kühlem feinsten Linnen auf sein Angesicht, um die Tränen und das Blut fortzuwischen. Aber in diesem Augenblick hatten die Henkersknechte das Kreuz aufgehoben. Und nun kamen sie und rissen den Gefangenen an sich. Ungeduldig über die Verzögerung, schleppten sie ihn in wilder Hast fort. Dem Todgeweihten entrang sich ein Stöhnen, als man ihn von der eben gefundenen Freistatt fortriß, aber er leistete keinen Widerstand.

Faustina umklammerte ihn, um ihn zurückzuhalten, und als sie erkannte, daß ihre schwachen, alten Hände nichts vermochten, und ihn erbarmungslos fortführen sah, da überkam sie eine Empfindung, als hätte ihr jemand ihr eigenes Kind geraubt, und sie rief: »Nein, nein! Nehmt ihn mir nicht fort! Er darf nicht sterben! Es kann nicht sein, daß er sterben soll!«

Sie empfand den furchtbarsten Schmerz und Zorn, weil man ihn fortführte. Sie wollte ihm nach und mit den Henkersknechten kämpfen, um den Unglücklichen zu befreien. Aber bei dem ersten Schritt wurde sie vor Schwindel fast ohnmächtig. Sulpicius beeilte sich, sie mit seinem Arm zu stützen, um sie vor dem Umsinken zu bewahren.

Er bemerkte auf der gegenüberliegenden Straßenseite einen kleinen, dunkeln Laden und trug sie hinein. Es gab dort weder Stühle noch Bänke, aber der Ladenbesitzer war barmherzig. Er holte einen Teppich herbei und bereitete für die Greisin ein Lager auf dem Steinboden. Sie war nicht bewußtlos, hatte aber ein so heftiges Schwindelgefühl, daß sie sich nicht aufrecht erhalten konnte, sondern sich niederlegen mußte.

»Sie hat heute einen langen Ritt hinter sich, und der Straßenlärm und das Gedränge waren zuviel für sie,« sagte Sulpicius zu dem Kaufmann. »Sie ist sehr alt, und so stark ist doch niemand, daß ihn das Alter nicht bezwingen könnte.«

»Dies ist sogar auch ein schwerer Tag für einen, der noch nicht alt ist,« entgegnete der Kaufmann. »Die Luft ist fast zu drückend beim Atmen. Es sollte mich nicht wundern, wenn ein schweres Unwetter losbräche.« Sulpicius beugte sich über die Greisin. Sie war eingeschlummert und schlief nach all der Anstrengung und all dem Aufruhr des Gemüts mit stillen, regelmäßigen Atemzügen.

Er trat in die Ladentür, um die Volksmenge zu beschauen, während er auf das Erwachen der Schläferin wartete.

7

Der römische Landpfleger zu Jerusalem hatte eine junge Frau, und diese träumte in der Nacht vor Faustinas Einzug in die Stadt einen langen Traum.

Ihr träumte, sie stehe auf dem Dache ihres Hauses und sehe auf den großen schönen Hofplatz hinunter, der nach morgenländischer Sitte mit Marmorfliesen ausgelegt und mit edlen Gewächsen bepflanzt war.

Auf dem Hof sah sie alle Kranken, Blinden und Lahmen der Welt versammelt. Sie sah die Pestkranken mit ihren von Beulen geschwollenen Leibern, die Aussätzigen mit halbzerfressenen Gesichtern, die Lahmen, die sich nicht bewegen konnten, sondern hilflos am Boden lagen, und alle die Siechen, die sich in Schmerzen und Qualen wanden. Und alle drängten sich zum Eingang hin, und etliche der Vordersten pochten mit harten Schlägen an die Tore des Palastes.

Schließlich sah sie, daß ein Sklave die Pforte öffnete und auf die Schwelle trat: dann vernahm sie, daß er die Siechen nach ihrem Begehren fragte.

Da antworteten sie ihm und sprachen: »Wir suchen den großen Propheten, den Gott zur Erde hinabgesandt hat. Wo ist der Prophet von Nazareth, er, der über alle Pein Macht hat? Wo ist er, der uns von allen unseren Leiden zu erlösen vermag?«

Und der Sklave antwortete ihnen in hochfahrendem, nachlässigem Tone, so wie Diener in den Palästen zu tun pflegen, wenn sie arme Fremdlinge abweisen:

»Es nützt Euch nichts, nach dem großen Propheten zu suchen. Pilatus hat ihn getötet.«

Da erhob sich unter all den Kranken ein Klagen und Jammern und Zähneknirschen, daß sie nicht imstande war, es mit anzuhören. Ihr Herz schien vor Mitleid zu zerspringen, und heiße Tränen entströmten ihren Augen. Aber sobald sie zu weinen anfing, war sie erwacht.

Bald jedoch war sie wiederum eingeschlafen, und wieder träumte ihr, sie stehe auf dem Dache ihres Hauses und blicke zum großen Hof hinab, der so geräumig war wie ein Marktplatz.

Und siehe, der Hof war voll von Menschen, die wahnsinnig und toll oder von bösen Geistern besessen waren. Und sie sah solche, die nackt waren, und andere, die sich in ihr langes Haar hüllten, und manche, die sich Strohkränze und Mäntel aus Gras geflochten hatten und Könige zu sein wähnten, und etliche waren, die auf der Erde krochen und sich für Tiere hielten, und solche, die beständig über einen Kummer weinten, dem sie keinen Namen zu geben wußten, und solche, die schwere Steine herbeischleppten, die sie für Gold ausgaben, und solche, die da meinten, daß die bösen Geister aus ihrem Munde redeten. Und sie sah, daß alle diese Menschen sich nach der Pforte des Palastes zu wälzten, und daß die in der vordersten Reihe klopften und pochten, um hinein zu gelangen.

Schließlich öffnete sich die Pforte, und ein Sklave trat auf die Schwelle und fragte: »Wonach steht Euer Verlangen?«

Da riefen sie und sprachen: »Wo ist der große Prophet von Nazareth, er, der von Gott gesandt ist, uns unsere Seele und unsere Vernunft wiederzugeben?«

Und sie vernahm die in gleichgültigstem Ton gegebene Antwort des Sklaven:

»Es nützt Euch nichts, nach dem großen Propheten zu suchen. Pilatus hat ihn getötet.«

Da er also gesprochen hatte, stießen die Wahnsinnigen einen Schrei aus, der dem Geheul wilder Tiere glich, und sie begannen in ihrer Verzweiflung sich selbst zu zerfleischen, bis ihr Blut auf den Boden troff. Und als sie, die dies träumte, all jener Menschen Verzweiflung sah, rang sie ihre Hände und wehklagte. Und ihr eigenes Klagen hatte sie erweckt.

Und abermals war sie eingeschlummert, und wieder befand sie sich im Traume auf dem Dache ihres Hauses. Und rings um sie her saßen ihre Sklavinnen, um ihr auf Zymbeln und Zithern vorzuspielen, und die Mandelbäume streuten ihre hellen Blütenblätter auf sie herab, und die Kletterrosen dufteten.

Und während sie dort saß, rief eine Stimme ihr zu: »Gehe bis zur Balustrade vor, die Dein Dach umgibt, und schaue von dort in Deinen Hof hinab.«

Sie aber weigerte sich im Traum und sprach: »Ich mag nicht noch mehr von jenen Menschen sehen, die sich heute nacht auf meinem Hof drängen.«

In demselben Augenblick hörte sie von dorther Kettengerassel und schwere Hammerschläge und ein Aufschlagen von Holz auf Holz. Ihre Sklavinnen unterbrachen ihr Spielen und Singen, liefen zur Balustrade des Daches und blickten hinunter. Auch sie selber vermochte nicht, ruhig zu sitzen, sondern folgte ihnen und blickte auf den Hof hinab.

Da sah sie, daß der Hof ihres Hauses von allen armen Gefangenen der Welt überfüllt war. Sie erblickte all jene, die sonst in dunkeln Kerkerhöhlen, in schwere Eisenketten geschlossen, verschmachteten. Sie erkannte jene, die in den finstern Bergwerken arbeiteten und die ihre Hämmer herbeigeschleppt hatten, und sie sah die Ruderknechte der Kriegsschiffe mit ihren schweren, eisenbeschlagenen Rudern. Und jene, die zum Kreuzestod verurteilt waren, schleppten ihre Kreuze; und die enthauptet werden sollten, kamen mit ihren Richtbeilen. Und sie erblickte jene, die nach fremden Ländern in die Sklaverei geschleppt wurden, und deren Augen vor Heimweh flackerten und brannten. Sie sah all jene elenden Sklaven, die wie Lasttiere arbeiten mußten, und deren Rücken von Geißelhieben bluteten.

Alle diese Unglückseligen riefen einstimmig und sprachen: »Oeffnet, öffnet!«

Da trat der Sklave, der die Eingangspforte hütete, heraus und fragte sie: »Was ist es, wonach Ihr verlanget?«

Und sie antworteten wie die anderen: »Wir suchen den großen Propheten von Nazareth, der zur Erde herabgekommen ist, um den Gefangenen die Freiheit und den Sklaven das Glück wiederzugeben.«

Aber der Sklave antwortete ihnen mit müdem und gleichgültigem Ton: »Ihr werdet ihn hier nicht finden. Pilatus hat ihn getötet.«

Nach diesen Worten vermeinte sie, die träumte, einen solchen Ausbruch von Wut und Hohn unter den Unglücklichen zu vernehmen, daß der Himmel und die Erde erbebten. Sie selber war wie erstarrt vor Entsetzen, ein krampfhaftes Zittern durchfuhr ihren Leib, und sie erwachte.

Als sie nun ganz wach war, richtete sie sich in ihrem Bette auf und sprach vor sich hin: »Ich will nicht mehr träumen. Ich werde mich jetzt die ganze Nacht durch wach halten, auf daß es mir erspart sei, nochmals so Furchtbares sehen zu müssen.«

Aber fast in demselben Augenblick hatte der Schlaf sie aufs neue übermannt, sie sank in die Kissen zurück und war eingeschlummert.

Und abermals träumte sie, sie sitze auf dem Dache ihres Hauses, und ihr kleiner Sohn laufe dort oben hin und her und spiele mit seinem Ball.

Da vernahm sie eine Stimme, die zu ihr sprach: »Geh zur Balustrade, die das Dach umgibt, und sieh, wer jene sind, die wartend auf Deinem Hof stehen.«

Sie aber, die träumte, sprach vor sich hin: »Ich habe heute nacht zu viel Elend gesehen. Ich könnte es nicht mehr ertragen. Ich will bleiben, wo ich bin.«

In diesem Augenblick warf ihr Knabe den Ball so weit, daß er über die Balustrade flog, und das Kind lief hin und kletterte auf das Geländer. Da erschrak sie heftig. Sie eilte ihm nach und griff nach dem Kinde.

Dabei warf sie jedoch einen Blick hinunter und sah abermals, daß der Hof voller Menschen war.

Und es standen dort alle Menschen der Erde, die in Kriegen verwundet worden waren. Sie kamen mit verstümmelten Leibern und mit tiefen, offenen Wunden, aus denen Blut rann, so daß der ganze Hof davon überflutet war.

Und neben ihnen drängten sich dort all jene Menschen der Erde zusammen, die ihre Lieben auf den Schlachtfeldern verloren hatten. Es waren die Vaterlosen, die ihre Beschützer betrauerten, und die jungen Frauen, die nach ihren Herzlichsten riefen, und die Greisinnen, die nach ihren Söhnen seufzten.

Die Vordersten drängten sich nach der Tür hin, und ganz wie zuvor kam der Türhüter und öffnete.

Er fragte all diese in Kampf und Streit Verwundeten: »Was sucht Ihr in diesem Hause?«

Und sie antworteten: »Wir suchen den großen Propheten von Nazareth, der Krieg und Feindschaft abschaffen und den Frieden auf Erden bringen wird. Wir suchen ihn, der die Schwerter zu Sensen umschmieden wird und die Speere zu Winzermessern.«

Da antwortete der Sklave ein wenig ungeduldig: »Kommt nun nicht mehr wieder, mich zu plagen! Ich habe es Euch schon oft genug gesagt: Der große Prophet ist nicht hier. Pilatus hat ihn getötet.«

Dann schloß er das Tor. Doch sie, die träumte, dachte an all den Jammer, der nun laut werden würde. »Ich mag ihn nicht hören,« rief sie und stürzte von der Balustrade fort. In demselben Augenblick erwachte sie. Und nun merkte sie, daß sie vor Angst aus ihrem Bett gesprungen war und auf dem kalten Steinboden stand.

Abermals hatte sie sich vorgenommen, in dieser Nacht nicht mehr zu schlafen, und wieder hatte der Schlaf sie übermannt, so daß sie die Augen schloß und zu träumen begann.

Nochmals saß sie auf dem Dache ihres Hauses, und an ihrer Seite stand ihr Gatte. Sie erzählte ihm ihre Träume, und er machte sich darüber lustig. Da vernahmen sie wieder eine Stimme, die zu ihr sprach: »Geh und sieh die Menschen, die auf Deinem Hof warten.«

Sie aber sagte sich: »Ich will sie nicht schauen. Ich habe heute nacht schon zu viel Unglückliche gesehen.«

Da vernahm sie drei harte Schläge gegen die Pforte, und ihr Gatte trat zur Balustrade hin, um zu sehen, wer da in sein Haus eintreten wolle.

Doch kaum hatte er sich über das Geländer gebeugt, als er auch schon seiner Frau winkte, heranzukommen.

»Kennst Du wohl diesen Mann?« fragte er, hinunterweisend.

Als sie nun in den Hof hinabblickte, erkannte sie, daß es dort von Reitern und Pferden wimmelte. Sklaven waren damit beschäftigt, von Eseln und Kamelen die schweren Lasten abzuladen. Es schien, als sei ein vornehmer Reisender angelangt.

Der stand vor der Eingangspforte. Es war ein hochgewachsener, alter Mann mit breiten Schultern, der schwermütig und finster aussah.

Die Träumende erkannte den Fremdling sogleich und flüsterte ihrem Gatten zu: »Das ist Cäsar Tiberius, der nach Jerusalem gekommen ist. Kein anderer kann es sein.«

»Auch ich glaube ihn zu erkennen,« sprach ihr Mann und legte den Finger auf seine Lippen, zum Zeichen, daß sie schweigen und lauschen möge, was unten im Hof gesprochen wurde.

Sie sahen, daß der Türwächter heraustrat und den Fremdling fragte: »Wer ist es, den Du suchest?«

Und der Fremdling antwortete: »Ich suche den großen Propheten von Nazareth, dem Gott Wunderkräfte verliehen hat. Der Kaiser Tiberius ruft ihn, auf daß er ihn von einer schrecklichen Krankheit befreien möge, die kein anderer Arzt zu heilen vermag.«

Als er gesprochen hatte, neigte sich der Sklave in tiefer Demut und sprach: »Herr, zürne nicht, aber Dein Wunsch ist unerfüllbar.«

Da wandte sich der Kaiser an seine Sklaven, die unten am Hofeingang warteten, und erteilte ihnen einen Befehl.

Und die Sklaven liefen herzu. Etliche trugen in ihren Händen reiches Geschmeide, andere hielten Schalen, in denen große Mengen echter Perlen lagen, und wieder andere schleppten Säcke mit Goldmünzen.

Der Kaiser wandte sich an den Sklaven, der die Pforte hütete, und sprach: »Dies alles soll sein eigen werden, wenn er Tiberius helfen will. Allen Armen der Welt kann er damit Reichtum verleihen.«

Und der Türhüter neigte sich noch tiefer als zuvor und sprach: »Herr, zürne Deinem Knechte nicht, aber Dein Verlangen ist unerfüllbar.«

Da winkte der Kaiser abermals seinen Sklaven, und etliche von ihnen liefen herzu und brachten ein reichgesticktes Gewand, an dem ein Brustschild von Juwelen erglänzte.

Und der Kaiser sprach zu dem Sklaven: »Schau her! Was ich ihm hier biete, ist die Herrschaft über Judäa. Er soll sein Volk als dessen höchster Richter regieren. Nur soll er zuvor mir folgen, um Tiberius zu heilen.«

Und der Sklave neigte sich noch tiefer zur Erde hinab und sprach: »Herr, es steht nicht in meiner Macht, Dir zu helfen.«

Da winkte der Kaiser abermals, und seine Sklaven eilten mit einem goldenen Stirnreif und einem Purpurmantel herbei.

»Sieh,« sprach er, »dies ist des Kaisers Wille: Er gelobt, ihn zu seinem Erben einzusetzen und ihm die Herrschaft über die ganze Welt zu verleihen. Er soll die Macht haben, die ganze Erde nach dem Willen seines Gottes zu lenken. Möge er nur zuvor seine Hand ausstrecken, um Tiberius zu heilen.«

Da sank der Sklave zu des Kaisers Füßen nieder und rief mit wehklagender Stimme: »Herr, es steht nicht in meiner Macht, Dir zu gehorchen. Er, den Du suchst, weilt nicht mehr hier auf Erden. Pilatus hat ihn getötet.«

8

Als die junge Frau erwachte, war es schon heller, lichter Tag, und ihre Sklavinnen standen wartend bereit, um ihr beim Ankleiden dienstbar zu sein.

Sie war sehr still und nachdenklich, während man sie ankleidete, fragte jedoch schließlich die Sklavin, die ihr das Haar ordnete, ob ihr Gatte schon aufgestanden sei.

Und sie erfuhr, daß er abberufen worden sei, um über einen Verbrecher Gericht zu halten.

»Ich hätte ihn sehr gern gesprochen,« sagte die junge Frau.

»Herrin, das wird jetzt während des Verhörs schwerlich angehen. Wir werden es Dich wissen lassen, sobald es beendet ist,« entgegnete die Sklavin.

Sie schwieg nun, bis sie mit dem Ankleiden fertig war. Dann fragte sie: »Hat jemand unter Euch von dem Propheten aus Nazareth gehört?«

»Der Prophet von Nazareth ist ein jüdischer Wundermann,« antwortete rasch eine der Sklavinnen.

»Seltsam, Herrin, daß Du gerade heute nach ihm fragst,« sagte eine andere Sklavin. »Denn gerade der ist es, den die Juden zum Palast hergeführt haben, um ihn vom Landpfleger verhören zu lassen.«

Alsogleich gebot sie, daß jemand hinausgehe und nachfrage, welcher Schuld er angeklagt sei, und eine der Sklavinnen entfernte sich. Als sie zurückkehrte, berichtete sie: »Sie klagen ihn an, daß er sich zum König über dieses Land erheben wolle, und sie fordern von dem Landpfleger, daß er den Kreuzestod über ihn verhängen möge.«

Als die Gattin des Landpflegers diese Worte vernahm, entsetzte sie sich und sprach: »Ich muß mit meinem Gatten reden, sonst wird am heutigen Tage hier ein schreckliches Unglück geschehen.«

Als nun die Sklavinnen abermals versicherten, daß es unmöglich sei, erbebte sie und begann zu weinen. Und eine ihrer Dienerinnen wurde von Mitleid ergriffen und sprach: »Wenn Du eine schriftliche Botschaft an den Landpfleger senden willst, so werde ich versuchen, sie ihm zu übermitteln.«

Und alsogleich nahm sie einen Stift und schrieb einige Worte auf eine kleine Wachstafel, die man Pilatus überbrachte.

Doch ihn selber traf sie den ganzen Tag nicht allein an, denn als er die Juden abgefertigt und man den Verurteilten zum Richtplatz geführt hatte, war die Essensstunde gekommen, und Pilatus hatte zu dieser Mahlzeit einige Römer eingeladen, die in Jerusalem weilten. Der Anführer der Truppen, ein junger Meister der Beredsamkeit und noch etliche Gäste sonst waren erschienen.

Es war jedoch kein sehr frohes Mahl, denn die junge Gattin des Landpflegers saß während der ganzen Zeit stumm und betrübt dabei, ohne sich an der Unterhaltung zu beteiligen.

Als die Tischgäste fragten, ob sie krank sei oder Kummer habe, erzählte der Landpfleger lachend von der Botschaft, die sie ihm frühmorgens übersandt hatte. Und er trieb seinen Scherz mit ihr, daß sie glauben konnte, ein römischer Landpfleger werde sich in seinem Urteilsspruch durch die Träume eines Weibes beeinflussen lassen.

Sie antwortete leise und tieftraurig: »Dies ist wahrlich kein Traum gewesen, sondern eine Mahnung, die uns von den Göttern gesandt war. Du hättest jenen Mann zum mindesten noch diesen einen Tag leben lassen sollen.«

Alle sahen, daß sie ernstlich bekümmert war. Und sie schien auch keinem Trost zugänglich zu sein, wie sehr sich die Tischgäste auch mühten, sie durch fesselnde Gespräche ihre nichtigen Träume vergessen zu machen.

Aber nach einer Weile hob jemand den Kopf und fragte: »Was ist das? Haben wir so lange bei Tisch gesessen, daß der Tag sich schon seinem Ende zuneigt?«

Nun blickten alle auf und bemerkten, daß sich eine schwache Dämmerung herabsenkte. Ganz besonders merkwürdig war es zu beobachten, wie das bunte Farbenspiel, das auf allen Dingen und Wesen der Natur ruht, langsam erlosch, so daß alles einfarbig grau erschien.

Und gleich allem anderen verloren auch ihre eigenen Gesichter die Farbe. »Wir gleichen wirklich den Toten,« sprach der junge Meister der Beredsamkeit erschauernd. »Unsere Wangen sind ja grau und unsere Lippen schwarz.«

Als die Dunkelheit immer tiefer wurde, wuchs auch das Entsetzen der jungen Frau. »Ach, Freund,« rief sie schließlich, »glaubst Du noch immer nicht, daß die Unsterblichen Dich warnen wollen? Sie zürnen, daß Du einen heiligen und schuldlosen Mann zum Tode verurteilt hast. Ich meine nun, daß er, wiewohl jetzt schon ans Kreuz geschlagen, doch ganz sicherlich noch nicht tot sein kann. Laß ihn vom Kreuze abnehmen! Mit meinen eigenen Händen will ich seine Wunden heilen. Gewähre Du es nur, daß man ihn ins Leben zurückrufe!«

Pilatus aber erwiderte lachend: »Ganz sicherlich hast Du recht, dies als ein Zeichen der Götter anzusehen. Doch keinesfalls lassen sie die Sonne ihren Schein verlieren, weil ein jüdischer Irrlehrer zum Kreuzestode verurteilt worden ist. Dagegen können wir wohl erwarten, daß bedeutsame Ereignisse eintreten werden, die das ganze Reich angehen. Wer kann es wissen, wie lange der alte Tiberius – – –«

Er sprach nicht weiter, denn die Finsternis war so tief geworden, daß er nicht einmal den vor ihm stehenden Weinpokal sehen konnte. Er unterbrach also seinen Satz und befahl den Sklaven, schleunigst einige Lampen herbeizuschaffen.

Als es so hell geworden war, daß er die Gesichter seiner Gäste zu erkennen vermochte, mußte er die Verstimmung bemerken, die auf allen lastete.

»Sieh nur,« sprach er ein wenig ärgerlich zu seiner Gattin. »Es scheint mir wirklich, daß es Dir geglückt ist, mit Deinen Träumen die frohe Stimmung unseres Kreises zu zerstören. Aber wenn es schließlich so sein muß, daß Du heute an nichts anderes zu denken vermagst, dann laß uns lieber hören, *was* Du geträumt hast. Erzähle uns alles, dann werden wir versuchen, die Deutung zu finden.«

Hierzu war die junge Frau sofort bereit. Und während sie Traum nach Traum erzählte, wurden die Gäste immer ernster und ernster. Sie hörten auf, ihre Becher zu leeren, und ihre Stirnen zogen sich in tiefe Falten. Der einzige, der fortfuhr zu lachen und alles für Täuschung der Sinne hielt, war der Landpfleger selber.

Als die Erzählung beendet war, sprach der junge Rhetor: »Dies ist wahrlich doch mehr als ein Traum, denn heute sah ich zwar nicht den Kaiser, jedoch seine alte Freundin Faustina in Jerusalem einziehen. Ich wundere mich nur, daß sie noch nicht im Palast des Landpflegers erschienen ist.«

»Es geht ja wirklich ein Gerücht um, daß der Kaiser an einer furchtbaren Krankheit leide,« erzählte der Anführer der Truppen. »Auch mir erscheint es glaublich, daß der Traum Deiner Gattin eine von den Göttern gesandte Warnung sein könnte.«

»Es wäre nicht unmöglich, daß Tiberius Boten hergesandt hätte, um den Propheten an sein Krankenlager zu berufen,« stimmte der junge Rhetor bei.

Der Anführer der Truppen wandte sich mit tiefem Ernst an Pilatus: »Falls der Kaiser wirklich auf den Einfall gekommen ist, diesen Wundertäter zu sich rufen zu lassen, so wäre es besser für Dich und für uns alle, daß er ihn lebend vorfände.«

Pilatus entgegnete halb zornig: »Ist es diese Finsternis, die Euch zu Kindern gemacht hat? Man könnte wirklich glauben, daß Ihr alle seiet in Traumdeuter und Propheten verwandelt worden.«

Jedoch der Hauptmann wurde immer dringender und sprach: »Vielleicht ließe sich noch jetzt das Leben dieses Mannes retten, wenn Du eiligst einen Boten ausschickst.«

»Ihr wollt mich also zu einem Narren machen,« antwortete der Landpfleger. »Sagt selber, wohin würde es in diesem Lande mit Recht und Ordnung kommen, wenn man in Erfahrung brächte, daß der Landpfleger einen Verbrecher begnadigte, weil seine Frau einen bösen Traum hatte?«

»Es ist aber doch Wahrheit und kein Traum, daß ich Faustina in Jerusalem gesehen habe,« warf der junge Rhetor ein.

»Ich übernehme es, mein Vorgehen in dieser Sache dem Kaiser gegenüber zu vertreten,« sprach Pilatus. »Er wird einsehen, daß dieser Schwärmer, der sich ohne jede Gegenwehr von meinen Knechten mißhandeln ließ, nicht die Macht besessen hätte, ihm zu helfen.«

Sobald diese Worte gefallen waren, erdröhnte das ganze Haus wie von einem heftig grollenden Donnerschlage, und ein Erdbeben machte den Boden erzittern. Der Palast des Landpflegers blieb zwar unbeschädigt stehen, aber einige Minuten später hörte man von allen Seiten das schreckenerregende Getöse von zusammenstürzenden Häusern und zu Boden fallenden Pfeilern und Säulen.

Sobald eine Menschenstimme sich vernehmlich machen konnte, rief der Landpfleger einen Sklaven herbei. »Eile zum Richtplatz hinaus und befiehl in meinem Namen, daß der Prophet aus Nazareth vom Kreuze genommen werde!«

Der Sklave eilte fort. Die Tischgesellschaft begab sich vom Speisesaal nach dem Peristyl, um unter freiem Himmel zu sein, falls das Erdbeben sich wiederholen sollte. Niemand wagte ein Wort zu äußern, während sie die Wiederkehr des Sklaven erharrten.

Er kam sehr bald zurück und blieb vor dem Landpfleger stehen.

»Du fandest ihn noch lebend?« fragte dieser.

»Herr, er war dahingeschieden. Und in demselben Augenblick, als er den Geist aufgab, hat das Erdbeben eingesetzt.«

Kaum hatte er diese Worte gesprochen, als man von der Außenpforte her einige harte Schläge vernahm. Bei diesen Schlägen zuckte jeder zusammen, und alle sprangen auf, als hätte ein zweites Erdbeben die Stadt erschüttert.

Gleich darauf kam ein Sklave.

»Die edle Faustina und Sulpicius, des Kaisers Angehörige, entbieten Dir ihren Gruß. Sie sind mit der Bitte hergekommen, Du mögest ihnen helfen, den Propheten von Nazareth aufzusuchen.«

Im Peristyl erhob sich ein leises Gemurmel, und man vernahm gedämpfte Schritte. Als der Landpfleger umherblickte, erkannte er, daß seine Freunde von ihm gewichen waren, wie von einem, der dem Unheil verfallen ist.

9

Die alte Faustina war in Capri ans Land gestiegen und begab sich zum Kaiser. Sie berichtete ihm, was sie erlebt hatte, und wagte kaum ihn anzuschauen. Während ihrer Abwesenheit hatte die Krankheit grauenhafte Fortschritte gemacht, und sie sagte sich: »Gäbe es bei den Himmlischen Barmherzigkeit, so hätten sie mich sterben lassen, um mich davor zu bewahren, diesem armen, gepeinigten Menschen sagen zu müssen, daß nun alle Hoffnung dahin ist.«

Doch zu ihrem Staunen hörte Tiberius sie mit der größten Gleichgültigkeit an. Als sie ihm nun berichtete, daß gerade am Tage ihrer Ankunft in Jerusalem der große Wundertäter gekreuzigt worden sei, und wie nahe daran sie gewesen sei, ihn zu erretten, da begann sie unter dem Druck ihrer getäuschten Hoffnung bitterlich zu weinen.

Aber Tiberius sagte nur: »Darüber grämst Du Dich also wirklich? Ach, Faustina, ein ganzes in Rom verbrachtes Leben hat Dich nicht von dem Glauben an Zauberer und Wundertäter befreit, den Du während Deiner Kindheit in den Sabinerbergen mit der Luft eingeatmet hast?«

Da erkannte die Greisin, daß Tiberius niemals Hilfe von dem Propheten aus Nazareth erwartet hatte.

»Weshalb hast Du mich also diese Fahrt nach dem fernen Lande unternehmen lassen, wenn Du sie überhaupt für ganz nutzlos hieltest?«

»Du bist mein einziger Freund,« antwortete der Kaiser. »Weshalb sollte ich Dir eine Bitte abschlagen, solange ich noch die Macht habe, sie zu erfüllen?«

Doch es kränkte die Greisin, daß der Kaiser ihrer gespottet hatte.

»Sieh, das ist Deine alte Tücke,« rief sie aufbrausend. »Gerade das kann ich am wenigsten an Dir leiden.«

»Du hättest nicht zu mir zurückkehren sollen,« sagte Tiberius. »In Deinen Bergen hättest Du fortan bleiben müssen.«

Einen Augenblick schien es, als sollten die beiden, die so oft aneinandergeraten waren, wieder einen Streit ausfechten, doch die Heftigkeit der Greisin legte sich alsbald. Die Zeiten waren entschwunden, in denen sie ernstlich mit dem Kaiser hadern konnte. Sie senkte die Stimme, konnte aber nicht gänzlich auf den Versuch verzichten, dennoch recht zu behalten.

»Dieser Mann ist in Wahrheit ein Prophet gewesen,« sprach sie. »Ich habe ihn gesehen. Als sein Blick dem meinen begegnete, glaubte ich, er sei ein Gott. Ich muß wahnsinnig gewesen sein, als ich ihn in den Tod gehen ließ.«

»Ich bin froh, daß Du ihn sterben ließest,« entgegnete Tiberius. »Er war ein Majestätsverbrecher und ein Aufwiegler.«

Faustina war nahe daran, wieder vom Zorn übermannt zu werden.

»Ich habe in Jerusalem mit vielen seiner Freunde von ihm gesprochen,« warf sie ein. »Er hat niemals die Verbrechen begangen, deren man ihn anklagte.«

»Sollte er auch nicht gerade *diese* Verbrechen begangen haben, so war er doch wohl keinesfalls besser als irgendein anderer Mensch,« sprach der Kaiser in mattem Tone. »Wo wäre wohl der Mensch zu finden, der während seiner Lebenszeit nicht tausendfach den Tod verdient hätte?«

Diese Worte des Kaisers bestimmten nun Faustina etwas zu tun, wozu sie sich bis dahin noch nicht hatte entschließen können. »Ich werde Dir also einen Beweis für seine Macht geben,« sprach sie. »Eben erzählte ich Dir, daß ich mein Schweißtuch über sein Antlitz gebreitet hatte. Es ist dasselbe Tuch, das ich jetzt hier in meiner Hand halte. Willst Du es einen Augenblick betrachten?«

Sie breitete das Tuch vor dem Kaiser aus, und er erblickte dort den schattengleichen Abriß eines Menschenangesichts.

Die Stimme der Greisin bebte vor Rührung, als sie weiterberichtete: »Jener Mann erkannte, daß ich ihn liebte. Ich weiß nicht, durch welche Macht er es vermochte, mir sein Bild zu hinterlassen. Doch bei seinem Anblick füllen sich meine Augen mit Tränen.«

Der Kaiser beugte sich vor und betrachtete das Bild, das aus Blut und Tränen und den schwarzen Schatten der Leiden gestaltet zu sein schien. Und allmählich trat das ganze Antlitz deutlich hervor, wie es sich dem Schweißtuch eingeprägt hatte. Er erkannte die Blutstropfen auf der Stirn, die stachlichte Dornenkrone, das von Blut verklebte Haar und den Mund, dessen Lippen vor Leiden zu beben schienen.

Immer tiefer beugte er sich auf das Bild hinab. Klarer und klarer trat das Antlitz hervor. Aus den schattenhaften Linien sah er plötzlich die Augen wie von verborgenem Leben erstrahlen. Und während sie ihm das furchtbarste Leid offenbarten, zeigten sie ihm eine Reinheit und Hoheit, wie er sie nimmer zuvor erschaut hatte.

Er lag auf seiner Ruhebank und sog dieses Bild mit den Blicken ein. »Ist dies ein Mensch?« flüsterte er leise und weich. »Ist dies ein Mensch?«

Dann lag er wieder still da und versenkte sich in das Anschauen des Bildes. Tränen strömten über seine Wangen herab. »Ich betraure Deinen Tod, Du Ungekannter,« flüsterte er. Schließlich rief er aus:

»Faustina, warum hast Du diesen Mann sterben lassen? *Er* würde mich geheilt haben.«

Und wieder versank er in Betrachtung des Bildes.

»Du Mensch!« sprach er nach einer Weile. »Kann ich auch nicht mehr durch Dich erlöst werden, so kann ich Dich doch rächen. Meine Hand wird schwer auf jenen lasten, die mich Deiner beraubt haben.«

Wieder lag er eine geraume Zeit still da, dann aber ließ er sich zur Erde hinabgleiten und sank vor dem Bilde auf die Knie.

»Du bist ein Mensch,« sagte er. »Du bist der, dessen ansichtig zu werden ich nimmer glaubte.« Er wies auf sich, sein zerstörtes Gesicht und seine von Eiter zerfressenen Hände. »Ich und alle anderen, wir sind Raubtiere und Ungeheuer, aber Du bist ein Mensch.«

Er beugte den Kopf so tief vor dem Bilde, daß er den Boden berührte. »Erbarme Dich meiner, Du Ungekannter!« flehte er, und seine Tränen benetzten die Steine.

»Wenn Du noch lebtest, so würde Dein Anblick allein mich heilen,« sprach er dann wieder.

Die arme, alte Faustina erschrak darüber, was sie getan hatte. Sie dachte, daß es klüger gewesen wäre, hätte sie dem Kaiser das Bild nicht gezeigt. Von Anfang an hatte sie gefürchtet, daß sein Kummer zu übermächtig sein würde, wenn er es zu sehen bekäme.

Und in ihrer Verzweiflung über des Kaisers Kummer riß sie das Bild an sich, als wollte sie ihm dessen Anblick entziehen.

Da sah der Kaiser auf. Und siehe da, seine Gesichtszüge hatten sich gänzlich verwandelt, und er war wieder so wie vor seiner Krankheit. Es war, als hätte dieses Leiden seine Wurzel und Nahrung einzig und allein in dem Haß und der Menschenverachtung gehabt, die sein Herz erfüllten, und als hätte die Krankheit in demselben Augenblick weichen müssen, in dem er Liebe und Mitleid empfand.

*

Am nächsten Tage sandte Tiberius drei Boten aus. Der erste Bote ging nach Rom mit dem Befehl, daß der Senat eine Untersuchung anstellen solle, wie der Landpfleger in Palästina sein Amt verwalte, und ihn bestrafe, wenn sich erweisen sollte, daß er das Volk unterdrücke und Unschuldige zum Tode verurteile.

Der zweite Bote wanderte zu dem Winzer und seiner Frau, um ihnen zu danken und sie für den Rat zu belohnen, den sie dem Kaiser erteilt hatten. Auch sollte er ihnen berichten, wie alles abgelaufen war.

Als sie dies vernommen hatten, weinten sie leise, und der Mann sprach: »Ich bin sicher, daß ich mein Leben lang darüber nachgrübeln werde, was geschehen wäre, wenn die beiden sich begegnet wären.« Aber die Frau erwiderte: »Es konnte nicht sein. Schon der Gedanke, daß die beiden sich begegnen sollten, wäre unfaßlich. Gott, der Herr, wußte, daß die Welt dazu nicht reif war.«

Der dritte Bote ging nach Palästina und brachte einige von Jesu Jüngern nach Capri, wo diese die Lehre zu verkündigen begannen, die der Gekreuzigte gepredigt hatte.

Als diese Jünger in Capri landeten, lag die alte Faustina auf dem Sterbebette. Aber sie konnten die Greisin noch vor ihrem Tode zur Bekennerin des großen Propheten weihen und taufen. Und in der Taufe erhielt sie den Namen Veronika, weil es ihr beschieden war, der Menschheit das wahre Abbild ihres Heilands und Erlösers zu überliefern.

Das Rotkehlchen

Es war zur Zeit, als Gott der Herr die Welt erschuf, und nicht nur Himmel und Erde, sondern auch alle Tiere und Pflanzen, denen er zugleich ihre Namen gab.

Aus jener Zeit ließen sich viele Geschichten erzählen, und wenn man sie alle kennen würde, so hätte man auch eine Erklärung für alles in der Welt, was man jetzt nicht begreifen kann.

Damals geschah es eines Tages, als der Herrgott im Paradiese saß und die Vögel anmalte, daß die Farben in seinen Farbentöpfen ein Ende nahmen, so daß der Stieglitz farblos geblieben wäre, wenn der liebe Gott nicht alle seine Pinsel an seinen Federn abgewischt hätte.

Und damals geschah es auch, daß der Esel seine langen Ohren bekam, weil er sich seinen Namen nicht merken konnte. Er vergaß ihn, sobald er einige Schritte auf den paradiesischen Fluren gemacht hatte, und dreimal kam er zurück und fragte nach seinem Namen, so daß der liebe Gott schließlich etwas ungeduldig wurde, ihn an beiden Ohren faßte und zu ihm sprach: »Dein Name ist: Esel, Esel, Esel.«

Und während er also redete, zog er des Esels Ohren lang und länger, auf daß er ein besseres Gehör bekäme und sich dessen erinnerte, was man ihm sagte.

An demselben Tage fand auch die Bestrafung der Bienen statt. Denn als die Biene erschaffen war, begann sie sogleich Honig zu sammeln. Und Mensch und Tier, die den lieblichen Duft einatmeten, kamen herbei, um ihn zu kosten. Aber die Biene wollte alles für sich selber behalten und verjagte durch ihre giftigen Stiche alle, die sich der Honigwabe näherten. Das sah der liebe Gott, und flugs rief er die Biene herbei, um ihr eine Strafe aufzuerlegen: »Ich verlieh Dir die Gabe Honig zu sammeln, der das allersüßeste in der Schöpfung ist, aber damit gab ich Dir nicht das Recht, gegen Deine Nächsten hart zu sein. Nun denke daran daß jede Biene, die jemanden sticht, der ihren Honig kosten will, den Stich mit dem Tode zu büßen hat!«

Ach ja, das war damals, als die Grille blind wurde und die Ameise ihre Flüglein einbüßte; es geschah so viel Seltsames an jenem Tage.

Gott der Herr saß den ganzen Tag über erhaben und mild auf seinem Thron und erschuf und hauchte Odem ein, und gegen Abend verfiel er darauf, noch einen kleinen grauen Vogel zu erschaffen.

»Denke daran, daß Du Rotkehlchen heißen sollst!« sagte der liebe Gott zu dem Vogel, als er fertig geworden war. Und er setzte ihn auf seine Handfläche und ließ ihn fliegen.

Und als das Vöglein eine Weile umhergeflogen war und die schöne Erde betrachtet hatte, auf der es nun leben sollte, spürte es auch Lust, sich selber zu beschauen. Da merkte es, daß es ganz grau war, und daß seine Brust ebenso grau wie alles andere aussah. Das Rotkehlchen drehte und wendete sich hin und her und spiegelte sich im Wasser, aber es vermochte kein einziges rotes Federchen an sich zu entdecken.

Da flog das Vöglein zum lieben Herrgott zurück.

Unser lieber Herrgott saß gütig und mild auf seinem Thron, aus seinen Händen lösten sich Schmetterlinge, die sein Haupt umflatterten, Tauben gurrten auf seinen Schultern und rings um ihn her entsproßten der Erde Rosen, Lilien und Tausendschönchen.

Das Herz des Vögleins pochte vor Angst heftig in seiner kleinen Brust, aber in leichten Bogen flog es näher und näher auf den lieben Herrgott zu und setzte sich schließlich auf seine Hand.

Da fragte der himmlische Vater, was es von ihm wünsche, und das Vöglein antwortete: »Ich möchte Dich nur noch etwas fragen.«

»Was willst Du also wissen?«

»Warum soll ich denn Rotkehlchen heißen, wenn ich doch vom Schnabel bis zur Schwanzspitze ganz grau bin? Warum werde ich Rotkehlchen genannt, wenn ich doch kein einziges rotes Federchen besitze?«

Und das Vöglein blickte mit seinen großen, schwarzen Augen flehend zu Gott dem Herrn empor und wandte das Köpfchen hin und her. Rundum erblickte es Fasanen, deren rotes Gefieder leicht mit Goldstaub gesprenkelt war, Papageien mit buschigen, roten Halskragen, Hähne mit roten Kämmen, und nun erst die Schmetterlinge, Goldfische und Rosen. Natürlich dachte das Vöglein bei diesem Anblick, wie wenig dazu gehörte – und wenn es nur ein einziger, kleiner Tropfen Farbe auf seiner Brust wäre – um es zu einem schönen Vogel zu machen, so daß sein Name passen würde.

»Warum soll ich Rotkehlchen heißen, wenn ich doch ganz grau bin?« wiederholte das Vöglein und erwartete, daß der liebe Gott sagen würde: »Ach, mein kleiner Freund, ich merke, daß ich vergessen habe, die Federn auf Deiner Brust rot anzumalen, aber warte nur einen Augenblick, dann wird die Sache bald erledigt sein.«

Doch der liebe Gott lächelte nur mild und sprach: »Ich habe Dich Rotkehlchen genannt, und Rotkehlchen sollst Du heißen, doch mußt Du selber zusehen, daß Du Dir Deine roten Brustfedern verdienen magst.« Und dann erhob Gott der Herr die Hand und ließ den Vogel aufs neue in die Welt hinausflattern.

Der Vogel flog in tiefem Sinnen durch das Paradies. Was sollte ein so kleiner Vogel, wie er, eigentlich tun, um sich rote Federn zu verdienen?

Das einzige, woran er noch zu denken vermochte, war die Wahl seiner Behausung in einem Dornenbusch. Zwischen den Stacheln des dichten Dornenrosengestrüpps baute er sein Nest. Er schien zu hoffen, daß ein Rosenblatt sich an seine kleine Kehle heften würde, um ihr seine Farbe zu verleihen.

*

Eine unendliche Zeit war seit jenem Tage verflossen, der der fröhlichste aller Erdentage gewesen ist. Seit jener Zeit hatten Tiere und Menschen das Paradies verlassen und sich über die Erde verbreitet. Und die Menschen hatten es so weit gebracht, daß sie das Land beackern konnten und das Meer zu befahren wußten, sie schafften sich Kleidung und Schmuckgeräte, ja, sie hatten schon vor langer Zeit gelernt, große Tempel und mächtige Städte, wie Theben, Rom und Jerusalem, zu erbauen.

Dann nahte ein neuer Tag, dessen man in der Geschichte der Welt noch lange gedenken sollte. Und am Morgen jenes Tages saß nun ein Rotkehlchen auf einem kleinen, nackten Hügel vor den Mauern Jerusalems und sang seinen Jungen vor, die inmitten eines niedrigen Dornenbusches in ihrem kleinen Nest ruhten.

Vogel Rotkehlchen erzählte seinen Kleinen von dem wunderbaren Schöpfungstage und von der Namengebung, wie es bisher jedes Rotkehlchen seinen Jungen erzählte, von dem allerersten her, das Gottes Ruf vernommen hatte und aus des Schöpfers Hand hervorgegangen war.

»Und nun seht,« schloß es traurig seinen Bericht, »so viele Jahre sind seit dem Schöpfungstage dahin, so viele Rosen sind verblüht, so viele junge Vögel sind aus dem Ei gekrochen, daß niemand sie zu zählen vermag, jedoch das Rotkehlchen ist noch immer ein kleiner, grauer Vogel. Noch ist es ihm nicht geglückt, der roten Brustfedern teilhaftig zu werden.«

Die kleinen jungen Vögelchen sperrten die Schnäbelchen weit auf und fragten, ob ihre Vorfahren sich denn gar nicht bemüht hätten, irgendeine Heldentat zu vollbringen, um die unschätzbare rote Farbe zu erringen.

»Wir alle taten, was wir konnten,« sang das Vöglein, »aber es ist keinem von uns geglückt. Schon das erste Rotkehlchen begegnete einmal einem anderen Vogel, der sein ganzes Ebenbild war, und sogleich begann es ihn mit solcher Heftigkeit zu lieben, daß es seine Brust erglühen fühlte. ›Ach,‹ dachte es da, ›jetzt begreife ich alles. Der liebe Gott meint, daß ich glühend lieben müsse, um meine Brustfedern durch die Liebesglut meines Herzens rot zu färben.‹ Aber es gelang ihm nicht, wie es keinem nach ihm gelungen ist, und auch Euch niemals gelingen wird.«

Die kleinen jungen Vögelchen zwitscherten betrübt, und sie trauerten schon darüber, daß die rote Farbe niemals ihre kleine, flaumige Brust schmücken sollte.

»Wir hatten auch auf unseren Gesang gehofft,« sang das alte Vöglein in langen, gehaltenen Tönen. »Schon das erste Rotkehlchen sang so schön, daß seine kleine Brust sich in Begeisterung weitete und es neu zu hoffen wagte. ›Ach,‹ dachte es, ›meine Brustfedern werden sich von der Sangesglut in meiner Seele rot färben.‹ Aber es gelang ihm nicht, wie es keinem nach ihm gelungen ist, und wie es auch Euch nicht gelingen wird.«

Abermals hörte man ein betrübtes Zwitschern aus den schwachbefiederten Kehlen der jungen Vögelchen.

»Wir hofften auch auf unseren Mut und auf unsere Tapferkeit. Schon das erste Rotkehlchen kämpfte mutig mit anderen Vögeln, und seine Brust glühte vor Kampfbegier. ›Ach,‹ dachte es, ›meine Brustfedern werden sich von der Kampflust in meinem Herzen rot färben.‹ Aber es gelang ihm nicht, wie es keinem nach ihm gelang und auch keinem von Euch gelingen wird.«

Die kleinen jungen Vögelchen zwitscherten voll Zuversicht, daß sie es dennoch versuchen wollten, die erstrebte Belohnung zu gewinnen, aber der Vogel antwortete ihnen betrübt, daß es ganz unmöglich wäre. Was konnten sie erhoffen, wenn es so vielen ausgezeichneten Vorfahren nicht gelungen war, das Ziel zu erreichen? Was konnten sie denn noch mehr tun als lieben, singen und kämpfen? Was vermochten – –

Der Vogel vollendete seinen Satz nicht, denn aus einem der Tore Jerusalems kam eine große Menschenmenge dahergezogen, und die Scharen stürmten zu dem Hügelgelände empor, auf dem sich das Vogelnest befand.

Es nahten Reiter auf stolzen Rossen, Kriegsknechte mit langen Speeren, Henkersknechte mit Nägeln und Hämmern, und es zogen feierlich schreitende Priester und Richter, schluchzende Weiber, und allen voran eine Masse wildumherjagendes, niederes Volk herbei, ein widerwärtiges, heulendes Gefolge von Landstreichergesindel.

Der kleine, graue Vogel saß bebend auf dem Rande seines Nestes. Er fürchtete jeden Augenblick, daß der kleine Dornbusch niedergetrampelt und seine Jungen getötet werden könnten. »Nehmt Euch in acht,« zwitscherte er den kleinen wehrlosen Geschöpfchen zu, »kriecht ganz dicht zusammen und gebt keinen Laut von Euch! Hier kommt ein Pferd, das dicht über uns hinschreitet! Dort naht ein Kriegsknecht mit eisenbeschlagenen Sandalen! Da stürmt die ganze wilde Horde heran!«

Plötzlich stellte der Vogel seine Warnungsrufe ein, er blieb still und stumm und vergaß beinahe die Gefahr, in der sie alle schwebten.

Dann hüpfte er rasch in sein Nest hinein und breitete die kleinen Schwingen über seine Jungen.

»Nein, das ist zu schrecklich,« zwitscherte er. »Ich will Euch vor diesem Anblick bewahren. Dort sollen drei Missetäter ans Kreuz geschlagen werden.«

Und er breitete seine kleinen Schwingen so weit aus, daß die Jungen nichts davon sehen konnten. Sie vernahmen nur dröhnende Hammerschläge, lautes Wehklagen und das tobende Geschrei der Volksmenge.

Das Rotkehlchen folgte dem ganzen furchtbaren Schauspiel mit Augen, die sich vor Entsetzen weiteten. Es konnte seine Blicke von den drei Unglücklichen nicht abwenden.

»Wie doch die Menschen grausam sind!« zwitscherte der Vogel nach einer Weile. »Es genügt ihnen nicht, diese armen Geschöpfe ans Kreuz zu nageln, und da haben sie dem einen auch noch eine stachlichte Dornenkrone aufs Haupt gepreßt. Ich sehe deutlich, daß die Dornen seine Stirn verwundet haben, so daß Blut herabsickert. Und dieser Mann ist so schön und schaut mit so sanften Blicken um sich, daß jedermann ihn lieben müßte. Bei dem Anblick seiner Leiden ist mir, als durchbohre ein spitzer Pfeil mein Herz.«

Das Mitleid des kleinen Vogels mit dem Dornengekrönten vertiefte sich mehr und mehr.

»Wenn ich mein Bruder, der Adler, wäre, würde ich die Nägel, die seine Hände durchbohren, herausziehen und mit den starken Klauen alle seine Peiniger verjagen.«

Das Rotkehlchen sah, wie das Blut auf des Gekreuzigten Stirn herabsickerte, und vermochte nicht, noch länger stille in seinem Nest zu sitzen.

»Bin ich auch nur klein und schwach, so müßte ich dennoch irgend etwas für diesen armen Gepeinigten tun können,« zwitscherte es vor sich hin. Und es verließ sein Nest und flog in die Luft hinaus. In weiten Bogen umkreiste es mehrmals den Gekreuzigten, ohne daß es wagte, sich ihm zu nähern. Denn es war ein scheuer kleiner Vogel, der niemals gewagt hatte, in die Nähe eines Menschen zu kommen. Aber allmählich faßte es Mut, flog auf die Kreuze zu und zog mit seinem kleinen Schnabel einen spitzen Stachel aus der Stirn des Gekreuzigten.

Doch während es dies tat, fiel ein Tropfen vom Blute des Gekreuzigten auf die Brust des Vögleins herab. Dieser verbreitete sich schnell und färbte alle die kleinen, zarten Federn der Kehle ganz rot.

Und der Gekreuzigte öffnete seine Lippen und flüsterte dem Vogel zu: »Um Deiner Barmherzigkeit willen hast Du nun errungen, was Dein Geschlecht seit Erschaffung der Welt erstrebt hat.«

Als der Vogel wieder in sein Nest kam, zwitscherten seine Kleinen ihm zu: »Deine Brust ist ja rot, Deine Kehlfederchen sind röter als Rosen!«

»Das ist nur ein Blutstropfen von der Stirn des armen Mannes. Der wird verschwinden, sobald ich in einem Bächlein oder in einer klaren Quelle bade,« zwitscherte der Vogel zur Antwort.

Aber wie oft auch das Rotkehlchen badete, die rote Farbe verschwand nicht mehr von seiner Brust, und als seine Kleinen herangewachsen waren, leuchtete die blutrote Farbe auch auf ihren Brustfedern, wie sie noch bis auf den heutigen Tag auf jedes Rotkehlchens Brustfedern leuchtet.

Unser Heiland und Sankt Peter

Es war damals, als unser Heiland und Sankt Peter eben ins Paradies gekommen waren, nachdem sie auf ihrer Erdenwanderung durch Jahre der Trübsal viel Schweres ertragen hatten.

Man kann es sich vorstellen, daß dies eine Freude für Sankt Peter war. Man kann es verstehen, daß es ein ander Ding war, auf dem Berge des Paradieses zu sitzen und über die weite Welt hinzublicken, als von Tür zu Tür wandern zu müssen wie ein Bettler. Es war etwas ganz anderes, in den Paradiesgärten umherzustreifen, als auf Erden umherzugehn, ohne zu wissen, ob man in einer Sturmnacht ein schützendes Dach finden oder gezwungen sein würde, in Kälte und Finsternis auf der Landstraße weiterzuziehen.

Man muß es sich nur ausmalen, welche Freude darin lag, nach einer solchen Lebensreise schließlich an den rechten Ort zu gelangen. Sankt Peter hatte wohl nicht immer so sicher sein können, daß alles gut ablaufen würde. Er hatte es durchaus nicht lassen können, manchmal zu zweifeln und beunruhigt zu sein, denn es war ja für den armen Sankt Peter fast unmöglich gewesen, zu begreifen, wozu es dienen sollte, daß sie es so schwer hatten, wenn unser Heiland ja doch einmal der Herr der ganzen Welt war.

Jetzt konnte er wirklich darüber lachen, wieviel Trübsal er und unser Heiland erduldet hatten, und mit wie wenig sie sich auf Erden begnügen mußten.

Einmal, als es ihnen so jammervoll gegangen war, daß er vermeinte, es nicht länger aushalten zu können, hatte unser Heiland ihn mitgenommen, um mit ihm einen hohen Berg zu ersteigen, ohne daß er ihm sagte, was sie dort oben zu tun hätten.

Sie waren an Städten vorbeigewandert, die am Fuße des Berges lagen, und an Schlössern, die weiter oben winkten. An Bauernhöfen und Sennhütten vorübergehend, hatten sie die Felsenhöhle des letzten Holzhauers hinter sich gelassen.

Schließlich waren sie dort angelangt, wo der kahle Berg ohne Baum und Strauch stand, und wo ein Eremit seine Hütte erbaut hatte, um bedrängten Wanderern beizustehn.

Dann waren sie über Schneefelder gegangen, wo die Murmeltiere schlafen, und hatten die zerklüfteten, hochgetürmten Eismassen erreicht, die kreuz und quer standen, wo kaum ein Steinblock vorwärts zu kommen vermag.

Dort oben hatte unser Heiland einen kleinen Vogel mit rotem Brustgefieder, der totgefroren auf dem Eise lag, aufgehoben und den kleinen Dompfaff eingesteckt. Und Sankt Peter erinnerte sich, daß er überlegt hatte, ob dieser Vogel wohl ihr Mittagessen sein würde.

Sie waren lange Zeit über die glatten Eisstücke gewandert, und Sankt Peter vermeinte, dem Lande des Todes noch niemals näher gewesen zu sein, denn es wehte ein todkalter Wind, und ein toddunkler Nebel umhüllte sie, auch gab es im weiten Umkreis nichts Lebendiges. Und dennoch hatten sie erst die Mitte des Berges erklommen.

Da hatte er unseren Heiland gebeten, umkehren zu dürfen.

»Noch nicht,« sprach unser Heiland, »denn ich werde Dir etwas zeigen, das Dir Mut verleihen wird, alles Leid zu ertragen.«

Darauf waren sie durch Nebel und Kälte weiter gewandert, bis sie eine unendlich hohe Mauer erreicht hatten, die ihren Weg hemmte.

»Diese Mauer zieht sich um den ganzen Berg,« sprach unser Heiland, »und Du kannst sie nirgends übersteigen. Kein Lebender kann das geringste von dem erblicken, was sich jenseits dieser Mauer befindet, denn hier beginnt das Paradies, und hier am ganzen oberen Bergesabhang wohnen die seligen Toten.«

Aber Sankt Peter hatte es nicht lassen können, mißtrauisch auszusehen. »Da drinnen herrscht nicht Finsternis und Kälte wie hier,« sprach unser Heiland, »sondern dort grünt der Sommer, und Sonnen und Sterne strahlen hell und klar.«

Aber Sankt Peter mochte es ihm nicht glauben.

Da nahm unser Heiland den kleinen Vogel, den er just zuvor auf dem Eisfelde gefunden hatte, beugte sich zurück und schleuderte ihn über die Mauer, so daß er im Paradiese niederfiel.

Und alsogleich hörte Sankt Peter ein jubelndes, lustiges Gezwitscher, erkannte eines Dompfaffen Gesang und war höchlichst erstaunt.

Er wandte sich zu unserem Heiland um und sagte: »Laß uns wieder zur Erde hinabsteigen und alles erdulden, was erduldet werden muß, denn nun erkenne ich, daß Du wahr gesprochen hast, und daß es einen Ort gibt, wo das Leben den Tod überwindet.«

Und sie waren vom Berge hinabgestiegen und hatten ihre Wanderung von neuem begonnen.

Dann hatte Sankt Peter lange Jahre nichts weiteres vom Paradiese erfahren, sondern sich nur nach dem Lande hinter jener Mauer gesehnt. Und nun war er endlich dort und brauchte sich nicht mehr danach zu sehnen. Nun konnte er den ganzen Tag aus nie versiegenden Quellen die Freuden mit vollen Händen schöpfen.

Aber Sankt Peter war kaum vierzehn Tage im Paradiese, da geschah es, daß ein Engel zu unserm Heiland trat, der auf seinem Thron saß. Der Engel neigte sich siebenmal vor ihm und berichtete, daß ein schweres Unglück auf Sankt Peter zu lasten scheine. Er verschmähe Essen und Trinken und seine Augen seien so rotgerändert, als habe er nächtelang nicht mehr geschlafen. Sobald unser Heiland dies vernommen hatte, erhob er sich, um Sankt Peter aufzusuchen.

Er fand ihn in einem weit entlegenen Winkel des Paradieses. Dort lag er auf der Erde hingestreckt, als wäre er zu ermattet, um aufzustehn, er hatte seine Kleider zerrissen und sein Haupt mit Asche bestreut.

Als unser Heiland ihn so tiefbetrübt sah, setzte er sich neben ihn auf die Erde und redete geradeso zu ihm, wie er getan hätte, wenn sie noch unten auf jener Welt in Trübsal umhergewandert wären.

»Was macht Dich denn gar so traurig, Sankt Peter?« fragte unser Heiland.

Aber Sankt Peters Betrübnis war so übermächtig, daß er gar nicht zu antworten vermochte.

Und abermals fragte unser Heiland: »Was macht Dich denn gar so traurig, Sankt Peter?«

Bei der Wiederholung dieser Frage nahm Sankt Peter sich seine goldene Krone vom Haupte und warf sie unserem Heiland vor die Füße, als wollte er damit sagen, er wünsche von nun an nicht mehr an seiner Ehre und Herrlichkeit teilzuhaben.

Unser Heiland erkannte jedoch sogleich, daß Sankt Peter zu verzweifelt war, um zu wissen, was er tat. Und deshalb wurde er auch gar nicht zornig über sein Gebaren.

»Du mußt mir doch endlich sagen, was Dich so quält,« sprach er voll Sanftmut wie zuvor und mit noch zärtlicherer Stimme.

Doch nun sprang Sankt Peter auf, und da merkte unser Heiland, daß er nicht nur traurig, sondern auch ergrimmt war. Mit geballten Fäusten und funkelnden Augen trat er auf unseren Heiland zu.

»Ich will sofort meine Entlassung haben,« sprach Sankt Peter. »Nicht einen Tag länger kann ich Dir meine Dienste im Paradiese weihen.«

Unser Heiland suchte ihn Zu beruhigen, wozu er früher oft genötigt war, wenn Sankt Peter aufbrauste.

»Du sollst diese Erlaubnis erhalten, aber ehe Du gehst, mußt Du mir sagen, was Dir hier mißfällt.«

»Ich kann Dir nur sagen, daß ich auf besseren Lohn rechnete, als wir beide dort unten auf jener Welt Jammer und Elend zu tragen hatten.«

Unser Heiland ward inne, daß Sankt Peters Seele von Bitterkeit erfüllt war, und er hegte keinerlei Groll gegen ihn, sondern sprach:

»Ich sage Dir, daß Du die Freiheit hast, nach Belieben von dannen zu gehen, nur mußt Du mir mitteilen, was Dich betrübt.«

Da erzählte Sankt Peter endlich, weshalb er so unglücklich sei. »Ich hatte eine alte, greise Mutter, die vor wenigen Tagen gestorben ist,« sagte er.

»Nun weiß ich, was Dich quält,« entgegnete unser Heiland. »Du leidest, weil Deine Mutter nicht hierher ins Paradies gekommen ist.«

»So ist es,« antwortete Sankt Peter, und sein Seelenleid war so übermächtig, daß er zu schluchzen und zu wehklagen begann. »Ich glaubte allerdings, daß ich es wohl verdient hätte, sie herzubekommen,« sagte er.

Als unser Heiland aber den Grund von Sankt Peters Trauer erfahren hatte, wurde er seinerseits traurig. Denn Sankt Peters Mutter war nicht so gewesen, daß sie ins Himmelreich hätte kommen können. Sie hatte immer nur daran gedacht, Geld zusammen zu scharren, und den Armen, die vor ihrer Tür gestanden hatten, gab sie niemals soviel wie einen Heller oder auch nur einen Bissen Brot. Dennoch begriff unser Heiland sehr wohl, daß Sankt Peter es nicht zu fassen vermochte, wie groß der Geiz seiner Mutter gewesen war, und daß sie dadurch die ewige Seligkeit nicht erlangen konnte.

»Sankt Peter, wie kannst Du es sicher wissen, daß es Deiner Mutter bei uns gefallen würde?« fragte er.

»Sieh, so redest Du nur, um meine Bitte nicht erhören zu müssen,« erwiderte Sankt Peter. »Wem sollte es im Paradiese nicht gefallen?«

»Wer nicht Freude über die Freude anderer empfindet, der kann sich hier nicht wohl fühlen,« antwortete unser Heiland.

»Dann sind noch andere als meine Mutter hier, die nicht hineinpassen,« sagte Sankt Peter, und unser Heiland verstand, daß er ihn damit meinte.

Da war er tief bekümmert, denn er erkannte, daß Sankt Peter in seinem tiefen Kummer gar nicht mehr wußte, was er sagte. Er wartete noch eine Zeitlang, weil er hoffte, daß Sankt Peter seine Worte bereuen und einsehen würde, daß seine Mutter nicht ins Paradies hineingehöre, aber Sankt Peter wollte nicht in sich gehen.

Da rief unser Heiland einen Engel herbei und gebot ihm zur Hölle hinunterzufahren, um Sankt Peters Mutter zum Paradiese herauszubringen.

»Laß mich dann auch zusehen, wie er sie heraufholt,« bat Sankt Peter.

Und unser Heiland faßte ihn bei der Hand und führte ihn hinaus auf einen Felsen, der auf einer Seite ganz steil und abschüssig war. Und er zeigte ihm, daß er sich nur ein wenig über den Rand zu beugen brauchte, um gerade in die Hölle hinunter blicken zu können. Anfangs vermochte Sankt Peter nicht mehr zu unterscheiden, als wenn er in einen Brunnen hinabgeschaut hätte. Es war, als hätte sich unter ihm eine unendliche Schlucht aufgetan.

Das erste, was er mit Mühe erkannte, war der Engel, der sich schon auf dem Wege nach dem Abgrund befand. Sankt Peter sah, wie der Engel in die finsterste Tiefe hinabeilte und nur seine Schwingen ein wenig ausbreitete, um nicht zu plötzlich hinabzusinken.

Aber als Sankt Peters Augen sich ein wenig an das Dunkel gewöhnt hatten, begann er immer mehr und mehr zu erkennen. Vor allem sah er, daß das Paradies auf einem ringförmigen Berge lag, der eine weite Schlucht in sich barg, und daß auf ihrem Grunde die Verdammten ihre Stätte hatten. Er sah, wie der Engel eine ganze Weile lang sank und sank, ohne die Tiefe zu erreichen. Petrus war entsetzt darüber, daß es dorthin so weit war.

»Wenn er nur mit meiner Mutter wieder heraufgelangen möchte!« sagte er.

Unser Heiland blickte ihn nur mit großen, traurigen Augen an und sprach: »Es gibt keine noch so schwere Last, die mein Engel nicht zu heben und zu tragen vermöchte.«

Der Abgrund war so tief, daß kein Sonnenstrahl hineindringen konnte, nur schwarzes Dunkel herrschte dort. Aber es schien, als habe der Engel in seinem Fluge ein wenig Klarheit und Helligkeit mitgebracht, so daß es Sankt Peter gelang zu erkennen, wie es dort unten aussah. Er sah eine unendliche, schwarze Felsenwildnis. Scharfes, spitzes Felsgestein bedeckte den ganzen Grund, und zwischen dem Gestein blickten schwarze Wasserlachen. Kein grüner Halm, kein Baum, kein Zeichen des Lebens war weit und breit zu entdecken.

Aber überall waren die unseligen Toten auf die scharfen Felsspitzen hinaufgeklettert. Sie hingen an dem Gestein, das sie in der Hoffnung erklettert hatten, sich aus der Schlucht emporzuschwingen, und da sie erkannt hatten, daß sie nirgendwohin gelangen konnten, waren sie vor Verzweiflung wie versteinert dort oben geblieben.

Sankt Peter sah einige von ihnen sitzen, andere liegen, die Arme in unablässiger Sehnsucht ausgestreckt und die Augen nach oben gerichtet. Manche hatten ihr Gesicht mit den Händen bedeckt, als wollten sie dadurch das hoffnungslose Grausen ringsumher von sich absondern. Sie alle lagen regungslos, da war keiner, der es über sich gewann, irgend eine Bewegung zu machen. Einige lagen ganz still in den Wasserlachen und versuchten nicht einmal, sich daraus zu befreien.

Das allerschrecklichste war jedoch, daß es eine solche Menge von Unseligen gab. Es war, als sei der ganze Grund der Schlucht nur aus Leibern und Köpfen gebildet.

Und Sankt Peter ward von neuer Besorgnis erfaßt: »Du wirst sehen, daß er sie nicht findet,« sagte er zu unserem Heiland.

Jesus blickte ihn ebenso traurig an wie zuvor. Er wußte ganz genau, daß Sankt Peter sich des Engels wegen nicht zu beunruhigen brauchte.

Aber Sankt Peter hatte noch immer den Eindruck, daß der Engel inmitten der großen Menge dieser Unseligen seine Mutter nicht zu finden vermöchte. Er sah, wie der Engel mit ausgebreiteten Schwingen über dem Abgrund hin und her schwebte, um sie zu suchen.

Plötzlich erblickte einer der armen Unseligen den Engel. Er sprang auf, streckte ihm die Arme entgegen und rief: »Nimm mich mit, nimm mich mit!«

Da kam auf einmal Leben in die ganze große Menge. Alle die Millionen und Millionen, die dort unten in der Hölle verschmachteten, stürmten in demselben Augenblick heran, erhoben ihre Arme und riefen dem Engel zu, er solle sie doch nach dem seligen Paradiese mitnehmen.

Auch unser Heiland und Sankt Peter vernahmen oben diese Schreie, und ihre Herzen erbebten vor Leid und Betrübnis.

Der Engel schwebte hoch über den Verdammten, flog aber hin und her, um die Gesuchte herauszufinden, während alle ihm nachstürmten, als habe sie ein Wirbelwind zusammengefegt.

Endlich erblickte der Engel jenes Weib, das er holen sollte. Er faltete seine Schwingen auf dem Rücken zusammen und fuhr hinab wie der Blitz. Und Sankt Peter stieß einen Ruf froher Ueberraschung aus, als er sah, wie der Engel seinen Arm um die Mutter schlang und sie emporhob. Und er rief alsbald:

»Selig seist Du, der mir meine Mutter zuführt!«

Unser Heiland legte seine Hand sanft auf Sankt Peters Schulter, als wollte er ihn warnen, sich zu früh der Freude hinzugeben.

Doch Sankt Peter war nahe daran, vor Freude über die Rettung seiner Mutter zu weinen. Er konnte nicht begreifen, daß noch irgend etwas sie zu trennen vermöchte. Und seine Freude wurde noch größer, als er bemerkte, daß es trotz der Behendigkeit des Engels, der sogleich mit Petrus' Mutter emporschwebte, einigen Verdammten dennoch geglückt war, sich fest an sie zu klammern, die nun erlöst werden sollte, weil jene hofften, dadurch zugleich mit ihr ins Paradies gebracht zu werden.

Es war gewiß ein Dutzend Menschen, die sich an die alte Frau gehängt hatten, und Sankt Peter dachte, daß es für seine Mutter doch eine große Ehre sei, so viele Unglückliche von der Verdammnis zu befreien.

Der Engel hinderte sie auch durchaus nicht daran. Die große Last schien ihn nicht im geringsten zu beschweren, sondern er schwebte immer höher und höher empor, und seine Schwingen bedurften nicht größerer Anstrengung, als trüge er ein totes Vögelein zum Himmel. Doch nun gewahrte Sankt Peter, daß seine Mutter sich von den Unseligen zu befreien begann, die fest an ihr hingen. Sie griff nach deren Händen und löste ihren festen Griff, so daß einer nach dem anderen wieder in die Hölle hinabstürzte.

Sankt Peter konnte es deutlich hören, wie die Unseligen sie baten und beschworen, doch die alte Frau schien nicht zulassen zu wollen, daß noch jemand außer ihr selber selig werden sollte. Sie befreite sich von einem nach dem anderen und ließ sie alle in ihr Elend hinabtaumeln. Wehklagen und Verwünschungen erfüllten während ihres Sturzes den weiten Raum.

Da rief Sankt Peter seine Mutter an und beschwor sie, sich barmherzig zu erweisen, sie aber wollte nichts davon hören und tat wie zuvor.

Und Sankt Peter sah, wie der Engel immer langsamer emporschwebte, je leichter seine Last wurde. Und Sankt Peter erschrak so heftig, daß seine Knie schlotterten, und plötzlich sank er zu Boden.

Schließlich war nur eine einzige Unselige übrig geblieben, die sich an Sankt Peters Mutter angeklammert hatte. Es war ein junges Weib, das an ihrem Halse hing und dicht an ihrem Ohr bat und flehte, sie möchte ihr doch erlauben, ihr ins gesegnete Paradies zu folgen.

Der Engel war indessen mit seiner Last so weit gekommen, daß Sankt Peter schon seine Arme ausstreckte, um seine Mutter in Empfang zu nehmen. Er meinte, daß der Engel nur noch ein paar Flügelschläge zu machen brauche, um oben auf dem Berge anzulangen.

Aber plötzlich ließ der Engel seine Schwingen gänzlich ruhen, und sein Antlitz wurde dunkel wie die Nacht.

Denn eben hatte die alte Frau ihre Hände rücklings ausgestreckt und die Arme der Unglücklichen fest angepackt, die an ihrem Halse hing. So lange riß und zerrte sie, bis es ihr gelang, die ineinander gefalteten Hände zu lösen, so daß sie auch von dieser befreit war.

Als die Unselige hinabzustürzen begann, sank der Engel mehrere Klafter tief hinunter, und es hatte den Anschein, als vermöge er nicht mehr die Schwingen zu erheben. Er blickte voll Trauer auf die alte Frau nieder, sein Arm löste sich von ihrem Leib, und er ließ sie fallen, als sei sie jetzt, da er sie allein trug, eine zu schwere Last für ihn geworden.

Dann schwang er sich mit einem einzigen Flügelschlage zum Paradiese empor.

Aber Sankt Peter blieb lange Zeit auf derselben Stelle liegen und weinte bitterlich, und unser Heiland stand schweigend neben ihm. Schließlich sprach er: »Sankt Peter, ich hätte niemals geglaubt, daß Du so weinen würdest, nachdem Du ins Paradies gekommen bist.«

Da hob Gottes alter Diener sein Haupt und entgegnete: »Was ist das für ein Paradies, in dem ich meiner Nächsten Wehklagen höre und meiner Mitmenschen Leiden sehe!«

Und des Heilands Antlitz verdüsterte sich in tiefster Trauer. »Was wollte ich lieber, als Euch allen ein Paradies reinen, strahlenden Glückes zu bereiten?« sprach er. »Begreifst Du nicht, daß ich nur um dessentwillen zu den Menschen hinabstieg und sie lehrte, ihren Nächsten zu lieben wie sich selber? Denn solange sie das nicht tun, gibt es weder im Himmel noch auf Erden eine Freistatt, wo Schmerz und Trübsal sie nicht erreichen können.«

Die Lichtflamme

1

Vor vielen Jahren, als die Stadt Florenz sich eben zur Republik gemacht hatte, lebte dort ein Mann, des Namens Raniero di Ranieri. Er war der Sohn eines Waffenschmieds und hatte seines Vaters Handwerk erlernt, es lag ihm aber nicht viel an dessen Ausübung.

Dieser Raniero war ein sehr starker Mann. Es hieß von ihm, daß er eine schwere Eisenrüstung ebenso leicht trage wie ein anderer ein Seidenhemd. Er war noch jung, hatte aber bereits viele Kraftproben bestanden. Einmal befand er sich in einem Hause, auf dessen Dachboden Korn lagerte. Man hatte aber dort oben zu viel aufgehäuft, und während Ranieros Anwesenheit brach einer der Dachbalken, und das ganze Dach drohte einzustürzen. Alle, außer Raniero, waren entflohen. Er aber hatte die Arme emporgestreckt und sie gegen die Decke gestemmt, bis die Leute Balken und Pfähle herbeigeholt hatten, um das Dach zu stützen.

Man sagte auch von Raniero, daß er der tapferste Mann sei, den es jemals in Florenz gegeben hatte, und daß er von Kampf und Streit niemals genug bekommen konnte. Sobald er irgendeinen Lärm von der Straße her vernahm, stürzte er aus seiner Werkstatt hervor, in der Hoffnung, daß eine Schlägerei entstanden sei, an der er sich beteiligen könnte. Wenn er nur blank ziehen durfte, kämpfte er ebenso gern mit einfachen Bauern wie mit eisengepanzerten Rittern. Gleich einem Rufenden stürzte er sich in den Kampf, ohne seine Angreifer zu zählen.

Nun war Florenz zu damaliger Zeit nicht besonders mächtig. Die Bevölkerung bestand meistenteils aus Wollspinnern und Tuchwebern, und diese wünschten sich nichts Besseres, als in Frieden ihr Handwerk zu treiben. Wohl gab es genug tüchtige Männer, aber sie waren nicht streitlustig, sondern setzten eine Ehre darein, daß in ihrer Vaterstadt größere Ordnung herrschen sollte als irgendwo anders. Oft genug bedauerte Raniero, nicht in einem Lande geboren zu fein, wo es einen König gab, der tapfere Männer um sich versammelte, und er sagte, daß er in solchem Falle zu hohen Ehren und Würden gelangt wäre.

Raniero war prahlerisch und laut, grausam gegen Tiere, hart gegen sein Weib, und es ließ sich überhaupt nicht gut mit ihm leben. Er wäre ein schöner Mann gewesen, wenn sich nicht mehrere tiefe Narben, die ihn entstellten, quer über sein Gesicht gezogen hätten. Er war rasch von Entschlüssen, und seine Handlungsweise war großzügig, obwohl oft sehr gewalttätig.

Raniero war mit Francesca verheiratet, der Tochter des klugen und mächtigen Jacopo degli Uberti. Dem war durchaus nicht recht gewesen, seine Tochter einem solchen Kampfhahn wie Raniero zum Weibe zu geben, und er hatte sich dieser Heirat so lange wie möglich widersetzt. Doch Francesca hatte ihn dadurch zur Nachgiebigkeit bestimmt, daß sie erklärte, niemals einen anderen heiraten zu wollen. Als Jacopo endlich seine Einwilligung gab, hatte er zu Raniero gesagt: »Ich glaube oft erfahren zu haben, daß Männer Deines Schlages die Liebe eines Weibes leichter zu erringen als zu erhalten wissen, darum will ich Dir ein Versprechen abnehmen. Wenn meine Tochter das Zusammenleben mit Dir zu schwierig fände, so darfst Du sie nicht zurückhalten, falls sie zu mir zurückkehren will.« Francesca meinte, ein solches Versprechen sei ganz überflüssig, denn sie liebe Raniero so innig, daß nichts sie von ihm zu scheiden vermöchte. Aber Raniero gab das Versprechen sogleich und sagte: »Du kannst gewiß sein, daß ich niemals den Versuch machen würde, ein Weib zurückzuhalten, das von mir gehen mag.«

Nun vereinigte Francesca sich mit Raniero, und sie kamen gut miteinander aus.

Nachdem sie einige Wochen verheiratet waren, fiel es Raniero ein, sich im Scheibenschießen zu üben. Einige Tage schoß er nach einer an der Mauer hängenden Tafel. Er wurde sehr geschickt und verfehlte niemals das Ziel. Schließlich bekam er Lust, nach einem schwereren Ziel zu schießen. Er schaute sich nach etwas Angemessenem um, entdeckte aber nichts außer einer Wachtel, die in einem Vogelbauer über der Hoftür saß. Der Vogel gehörte Francesca, und sie hing sehr an ihm. Dennoch ließ er das Vogelbauer durch einen Burschen öffnen und erschoß die Wachtel, als sie sich in die Luft schwang.

Er fand diesen Schuß wohlgelungen und rühmte sich seiner vor jedem, der ihn anhören mochte.

Als Francesca erfuhr, daß er ihren Vogel erschossen hatte, wurde sie bleich und blickte ihn mit großen Augen an. Sie war verwundert darüber, daß er etwas hatte tun mögen, was ihr Kummer bereiten mußte. Aber sie verzieh ihm bald und liebte ihn wie zuvor.

Eine Zeitlang ging alles wieder gut.

Ranieros Schwiegervater, Jacopo, war Leinweber. Er hatte eine große Werkstatt, in der fleißig gearbeitet wurde. Raniero glaubte entdeckt zu haben, daß man dort dem Flachs auch Hanf beigebe, und er behielt das nicht für sich, sondern redete hier und dort in der Stadt über diese Angelegenheit. Schließlich hörte auch Jacopo von dem Gerede, und er wußte ihm gleich ein Ende zu machen. Er ließ von mehreren anderen Leinwebern sein Garn und seine Gewebe untersuchen, und sie fanden, daß alles vom feinsten Flachs angefertigt war. Nur in einem einzigen Ballen, der außerhalb von Florenz verkauft werden sollte, fand sich eine leichte Beimischung. Jacopo versicherte, daß dieser Betrug, ohne sein Wissen und seinen Willen, nur durch einen seiner Gesellen begangen sein könne. Er war sich jedoch sofort klar darüber, daß es ihm schwer fallen würde, die Leute von der Wahrheit dieser Behauptung zu überzeugen. Allzeit war er um seiner Redlichkeit willen gerühmt worden, und er empfand es bitter, seine Ehre angetastet zu sehen.

Raniero aber brüstete sich noch, daß es ihm geglückt sei, einen Betrug aufzudecken, und prahlte damit auch in Francescas Gegenwart.

Sie war tief bekümmert und gleichzeitig so verwundert, so wie damals, als er den Vogel erschoß. Während sie darüber nachsann, glaubte sie plötzlich ihre Liebe vor sich zu sehen, und diese glich einem großen schimmernden Goldgewebe. Sie konnte deutlich erkennen, wie groß und strahlend diese Liebe war. Aber von der einen Ecke des Gewebes war ein Zipfel weggeschnitten, so daß sie nicht mehr gleich groß und herrlich wie zu Anfang war. Sie war jedoch so wenig schadhaft, daß die junge Frau sich sagte: »Solange ich lebe, wird sie wohl noch ausreichen. Sie ist ja so groß, daß sie nimmer enden kann.«

Und wieder verging eine Zeit, in der sie und Raniero so glücklich waren wie von Anbeginn.

Nun hatte Francesca einen Bruder des Namens Taddeo. Dieser hatte eine Geschäftsreise nach Venedig unternommen und sich von dort Anzüge aus Sammet und Seide mitgebracht. Als er heimgekehrt war, prunkte er damit. Nun war es aber in Florenz nicht der Brauch, so kostbar gekleidet zu sein, so daß es bald viele Leute gab, die ihn zum Narren hielten.

Eines Nachts waren Raniero und Taddeo zusammen in einer Weinschenke. Taddeo trug einen grünen Samtmantel mit Zobelpelz und ein violettes Wams. Raniero brachte ihn dazu, so viel Wein zu trinken, daß er einschlief, dann nahm er ihm seinen Mantel ab und hängte ihn einer Vogelscheuche um, die in einem Kohlgarten aufgestellt war.

Als Francesca das erfuhr, ward sie wieder zornig auf Raniero. Und wieder sah sie das große Goldgewebe vor sich, das ihrer Liebe glich, und sie glaubte zu erkennen, daß es sich verkleinerte, weil Raniero Stück auf Stück davon abschnitt.

Dann stand es eine Zeitlang wieder gut zwischen ihnen, aber Francesca war nicht mehr so glücklich wie früher, weil sie stets befürchtete, Raniero könnte eine Tat vollbringen, die ihrer Liebe schaden müßte.

Die neue Unbill ließ auch gar nicht lange auf sich warten, denn Raniero konnte sich niemals ruhig verhalten. Er hatte stets ein Verlangen danach, daß die Leute von ihm redeten, und daß sie seinen Mut und seine Unerschrockenheit rühmten.

Auf der Domkirche, die Florenz einst befaß, und die viel kleiner war als der jetzige Dom, hing hoch oben an der höchsten Turmspitze ein großer, schwerer Schild, der dort von einem der Vorfahren Francescas aufgehängt worden war. Es soll der schwerste Schild gewesen sein, den ein Florentiner jemals zu tragen vermochte, und das ganze Geschlecht der Uberti war stolz darauf, daß einer der Ihrigen es fertig gebracht hatte, in den Turm hinaufzuklettern und es dort aufzuhängen. Diesen Turm erstieg Raniero eines Tages und kam mit dem Schild auf seinem Rücken herab.

Als Francesca dies vernahm, redete sie mit Raniero zum erstenmal von ihrem Kummer und bat ihn, nicht in solcher Weise eine Familie zu demütigen, der sie selber angehöre. Raniero, der gerade von ihr ein Lob seiner Heldentat erwartet hatte, wurde sehr ärgerlich. Er entgegnete, daß er es schon lange beobachte, wie gleichgültig ihr seine Triumphe seien, und daß sie immer nur an ihre eigene Familie denke.

»Ich denke an etwas ganz anderes,« entgegnete Francesca, »und das ist meine Liebe zu Dir. Ich weiß nicht, was daraus werden soll, wenn Du in dieser Art und Weise fortfährst.«

Von nun an wechselten sie des öfteren böse Reden, denn es traf sich so, daß Raniero fast immer just das tat, was Francesca am wenigsten leiden mochte.

In Ranieros Werkstatt arbeitete auch ein kleiner, hinkender Geselle. Dieser hatte Francesco, schon geliebt, ehe sie sich verheiratete; und er liebte sie nach ihrer Heirat noch ebenso treu. Raniero, der davon wußte, begann nun, ihn lächerlich zu machen, besonders bei den Mahlzeiten. Schließlich kam es so weit, daß der arme Bursche, der es nicht ertragen konnte, dem Gelächter preisgegeben zu werden, sobald Francesca es hörte, sich auf Raniero stürzte, um mit ihm zu ringen. Raniero aber stieß ihn hohnlachend beiseite. Da glaubte der arme Bursche nicht länger leben zu können, ging davon und erhängte sich.

Damals waren Raniero und Francesca etwa ein Jahr verheiratet. Francesca glaubte noch immer, ihre Liebe als ein schimmerndes Goldgewebe vor sich zu sehen, doch nun waren bereits von allen Seiten große Streifen weggeschnitten, so daß es kaum halb so groß war wie zu Anfang. Sie war sehr erschrocken bei dieser Erkenntnis und sagte sich: »Wenn ich noch ein Jahr bei Raniero bleibe, so wird er es dahin bringen, meine Liebe gänzlich zu vernichten. Dann werde ich so verarmt sein, wie ich bisher reich gewesen bin.«

Und sie beschloß, Ranieros Haus zu verlassen, um von nun an bei ihrem Vater zu leben, auf daß nicht der Tag käme, an dem sie Raniero ebenso sehr hassen müßte, wie sie ihn jetzt liebte.

Jacopo degli Uberti saß im Kreise aller seiner fleißigen Gesellen arbeitend am Webstuhl, als er sie kommen sah. Er sagte, nun sei geschehen, was er längst erwartet habe, und bot ihr ein herzliches Willkommen. Dann gebot er allen seinen Leuten, sofort die Arbeit einzustellen, sich zu bewaffnen und das Haus zu verschließen.

Er selber ging zu Raniero, den er in der Werkstatt traf, und sprach zu seinem Eidam: »Meine Tochter ist heute zu mir zurückgekehrt und hat gebeten, wieder unter meinem Dache leben zu dürfen. Und nach Deinem mir gegebenen Versprechen erwarte ich nun, daß Du sie nicht zwingen wirst, zu Dir zurückzukehren.«

Raniero schien die Sache nicht sehr ernst zu nehmen und antwortete ganz ruhig: »Selbst wenn ich Dir keinerlei Versprechen gegeben hätte, würde ich dennoch niemals die Rückkehr einer Frau verlangen, die mir nicht länger angehören mag.«

Er wußte jedoch, wie sehr Francesca ihn liebte, und sagte sich im stillen: »Sie ist wieder bei mir, bevor der Abend sinkt.« Aber sie ließ sich weder an diesem noch am nächsten Tage blicken.

Am dritten Tage zog Raniero hinaus, um einige Räuber zu verfolgen, die den florentinischen Kaufleuten seit langer Zeit viel zu schaffen machten.

Es glückte ihm, sie zu überwältigen und als Gefangene nach Florenz zu bringen.

Nun verhielt er sich mehrere Tage ruhig, bis er sicher sein konnte, daß diese Heldentat in der ganzen Stadt bekannt geworden sei. Aber seine Erwartung, Francesca durch diese Tat zurückzugewinnen, erfüllte sich nicht.

Raniero hatte allerdings die größte Lust, sie durch Gesetz und Recht zur Rückkehr zu zwingen, fand aber, daß er es um seines Versprechens willen nicht tun dürfe. Doch erschien es ihm als ein Ding der Unmöglichkeit, in derselben Stadt mit der Frau zu leben, die ihn verlassen hatte, und so zog er von Florenz fort.

Er wurde zuerst Söldner, machte sich aber bald zum Anführer einer Freischar. Stets suchte er den Kampf und diente gar vielen Herren.

Wie er immer prophezeit hatte, gewann er als Krieger Ruhm und Ehren. Er wurde vom Kaiser zum Ritter geschlagen und den hervorragendsten Männern zugezählt.

Bevor er Florenz verließ, hatte er vor dem Bilde der Madonna in der Domkirche das Gelübde getan, von jeder Kampfesbeute, die er erringen würde, das Kostbarste und Beste der heiligen Jungfrau zu weihen. Und stets sah man vor diesem Bildnis kostbare Gaben, die er gespendet hatte.

Raniero wußte also, daß alle seine Heldentaten in seiner Vaterstadt bekannt waren. Und er war höchlichst verwundert, daß Francesca degli Uberti nicht zu ihm zurückkehrte, obwohl sie von allen seinen Triumphen reden hörte.

Zu jener Zeit wurde von der Kanzel ein Kreuzzug zur Befreiung des heiligen Grabes gepredigt, und Raniero zog unter der Kreuzesfahne nach dem Morgenlande. Teils erwartete er, daß er da draußen Schloß und Lehen gewinnen würde, über die er herrschen könnte, teils hoffte er, so glänzende Heldentaten zu vollbringen, daß sein Weib ihn wieder lieben und zu ihm zurückkehren würde.

2

In der ersten Nacht nach der Eroberung Jerusalems herrschte im Lager der Kreuzfahrer, das sich außerhalb der Stadt befand, große Freude. Fast in jedem Zelt wurde der Sieg durch Trinkgelage gefeiert, und in weitem Umkreise vernahm man Lärm und Gelächter. Auch Raniero di Ranieri saß trinkend mit einigen Kriegskameraden beisammen, und in seinem Zelt ging es fast noch wilder zu als in den anderen Zelten. Die Diener hatten kaum die Becher gefüllt, so waren sie auch schon wieder leer.

Raniero hatte allerdings den triftigsten Grund, ein großes Fest zu feiern, weil er an jenem Tage höhere Ehren errungen hatte denn jemals zuvor. Am Morgen, als die Stadt erstürmt wurde, war er, nächst Gottfried von Bouillon, der erste, der die Mauer erstieg, und am Abend war er angesichts des ganzen Heeres um seiner Tapferkeit willen hoch geehrt worden. Denn als das Plündern und Morden endlich aufgehört hatte und die Kreuzfahrer in Bußgewändern und mit noch unentzündeten Wachskerzen in die heilige Grabeskirche eingezogen waren, hatte Gottfried ihm verkündigt, daß er als erster seine Kerze an den heiligen Flammen entzünden solle, die vor Christi Grab brennen. Raniero erkannte daran, daß Gottfried auf diese Weise zeigen wollte, er betrachte ihn als den tapfersten Helden des ganzen Heeres, und er war hocherfreut über einen solchen Lohn seiner Heldentaten.

Gegen Mitternacht, als Raniero und seine Gäste in bester Laune waren, kam einer der Narren mit mehreren Spielleuten die in dem ganzen Lager umhergelaufen waren und die Leute mit ihren Possen ergötzt hatten, in Ranieros Zelt, wo der Narr um Erlaubnis bat, ein lustiges Abenteuer zu berichten.

Raniero wußte, daß jener Narr wegen seines Witzes sehr gerühmt wurde, und er versprach, die Erzählung anzuhören. Da sprach der Narr:

»Es geschah einmal, daß unser Heiland und Sankt Peter einen ganzen Tag auf dem höchsten Turm der Burg des Paradieses saßen und zur Erde hinunter blickten. Dort gab es für sie so viel zu begucken, daß sie kaum Zeit fanden, ein Wort zu wechseln. Unser Heiland hatte sich die ganze Zeit über ruhig verhalten, aber Sankt Peter hatte bald vor Freude in die Hände geklatscht, bald aber wieder voll Abscheu den Kopf hinweggewendet. Bald hatte er gejubelt und gelacht, dann wieder geweint und geklagt. Endlich, als der Tag sich neigte und Abenddämmerung auf das Paradies niedersank wandte sich unser Heiland an Sankt Peter und meinte, nun müsse er doch wohl froh und zufrieden sein. ›Womit soll ich denn eigentlich zufrieden sein?‹ fragte nun Sankt Peter in heftigem Tone. – ›Ja, ich glaubte, Du seiest mit dem, was Du heute gesehen hast, zufrieden,‹ entgegnete unser Heiland sanftmütig. Doch Sankt Peter wollte sich nicht beschwichtigen lassen. – ›Freilich, seit Jahr und Tag beklage ich, daß Jerusalem sich in der Gewalt der Ungläubigen befindet, aber nach alldem, was heute geschehen ist, finde ich, es hätte ebensogut alles bleiben können, wie es war.‹«

Raniero merkte bald, daß der Narr von den Geschehnissen des verflossenen Tages redete. Er und die anderen Ritter hörten nun aufmerksamer zu als am Anfang.

»Als Sankt Peter also gesprochen hatte,« fuhr der Narr in seiner Erzählung fort, indem er einen verschmitzten Blick auf die Ritter warf, »lehnte er sich über die Turmzinnen hinaus und wies auf die Erde hin. Dort zeigte er unserem Heiland eine Stadt, die auf einem mächtigen, einsamen Felsen lag, der aus einem Gebirgstal emporragte. ›Erkennst Du diese Leichenhaufen?‹ fragte er, ›und siehst Du, das Blut, das durch die Straßen rinnt, und siehst Du die nackten, elenden Gefangenen, die in der Nachtkälte jammern, und siehst Du all die rauchenden Brandstätten?‹ Unser Heiland schien nichts entgegnen zu wollen, so daß Sankt Peter in seinen Klagen fortfuhr. Er sagte, wohl habe er dieser Stadt oft heftig gezürnt, aber niemals habe er ihr dermaßen übel gewollt, daß es dort einmal so aussehen solle. Da endlich antwortete unser Heiland und versuchte eine Einwendung zu machen. – ›Du kannst doch nicht leugnen, daß die christlichen Ritter mit der größten Unerschrockenheit ihr Leben gewagt haben.‹«

Hier wurde der Narr durch Beifallsrufe unterbrochen, aber er beeilte sich fortzufahren.

»Nein, unterbrecht mich nicht. Jetzt erinnere ich mich nicht, was ich zuletzt sagte. Ja, jetzt habe ich es, ich wollte eben erzählen, daß Sankt Peter sich ein paar Tränen aus den Augen wischte, die ihn am Sehen hinderten. ›Nimmer hätte ich geglaubt, daß sie solche wilden Tiere sein würden,‹ sprach er. ›Sie haben ja den ganzen Tag gemordet und geplündert. Ich begreife gar nicht recht, daß es Dich danach verlangte, Dich kreuzigen zu lassen, um Dir solche Bekenner Zu schaffen.‹«

Die Ritter nahmen den Scherz gut auf. Sie stimmten ein lautes, fröhliches Gelächter an, und einer von ihnen rief: »Also Sankt Peter ist wirklich so zornig über uns, he, Narr?«

»Du sei jetzt ruhig und laß den Narren berichten, ob unser Heiland nichts zu unserer Verteidigung sagte!« fiel ein anderer ein.

»Nein, unser Heiland schwieg erst still,« sagte der Narr. »Er wußte ja von altersher, daß es gar nicht der Mühe lohnte, Sankt Peter zu widersprechen, sobald *der* einmal sich erboste. Er blieb auch gut im Zuge und sagte, unser Heiland sollte es sich nicht einfallen lassen, ihm etwa zu sagen, daß sie sich schließlich doch besonnen hätten, in welche Stadt sie gekommen wären, und daß sie barfuß und im Büßergewande in die Kirche gegangen seien. Ihre Andacht sei ja so kurz gewesen, daß es sich gar nicht verlohne, überhaupt davon zu reden. Und dabei beugte er sich noch einmal über die Turmzinne hinaus und wies auf Jerusalem hinunter. Er deutete auf das Kriegslager der Christen davor. ›Siehst Du, wie Deine Ritter ihren Sieg feiern?‹ fragte er. Und unser Heiland sah, daß im ganzen Lager Zechereien abgehalten wurden. Ritter und Knechte sahen den syrischen Tänzerinnen zu. Die vollen Becher kreisten, es wurde um die Kriegsbeute gewürfelt, und – –«

»Man hörte Narren zu, die alberne Märchen erzählten,« fiel Raniero ein. »War das nicht auch eine große Sünde?«

Der Narr lachte und nickte Raniero zu, als wollte er sagen: ›Warte, Dir werde ich es noch heimzahlen.‹«

»Nein, unterbrecht mich nicht,« bat er nochmals. »Ein armer Narr vergißt so leicht, was er sagen wollte. Ja, also der heilige Petrus fragte unseren Heiland mit strengster Stimme, ob er finde, daß jene Leute ihm große Ehre machten. Natürlich mußte unser Heiland darauf entgegnen, daß er dies durchaus nicht fände. Und Sankt Peter sprach: ›Sie waren Räuber und Mörder, ehe sie ihre Heimat verließen, und noch heute sind sie Mörder und Räuber. Dieses ganze Kriegsabenteuer hättest Du ebenso gut hintertreiben können. Gutes kann dabei nicht herauskommen.‹«

»Ei, ei, Narr!« rief Raniero mit warnender Stimme. Aber der Narr schien eine Ehre darein zu setzen, zu erforschen, wie weit er wohl gehen könnte, ohne daß sich jemand auf ihn stürzte, um ihn hinauszuwerfen. Also fuhr er unverzagt fort:

»Unser Herr neigte nur das Haupt, wie jemand, der einsieht, daß er gerecht bestraft wird. Aber fast in demselben Augenblick beugte er sich eifrig vor und blickte aufmerksamer als zuvor auf die Erde hinab. Da guckte auch Sankt Peter hinunter und fragte: ›Wo nach schaust Du denn nur?‹«

Der Narr beschrieb dies mit einem sehr lebendigen Mienenspiel. Alle Ritter sahen unseren Heiland und Sankt Peter vor Augen, und sie wollten gar zu gern erfahren, was unser Heiland wohl erblickt haben mochte.

»Unser Heiland erwiderte, es sei eigentlich nichts,« erzählte der Narr, »aber er blickte jedenfalls aufmerksam hinunter. Sankt Peter folgte der Richtung seines Blickes, konnte aber nichts anderes entdecken als ein großes Zelt, vor dem ein paar Sarazenenköpfe an langen Lanzen aufgespießt waren, und wo eine Menge prächtiger Teppiche, goldener Tischgeräte und kostbarer Waffen aufgestapelt lagen, die in der heiligen Stadt erbeutet waren. In jenem Zelt ging es ebenso zu wie in allen anderen Lagerzelten. Dort saßen viele Ritter, die ihre Becher leerten. Der einzige Unterschied mochte darin bestehen, daß dort noch mehr gelärmt und getrunken wurde als in allen anderen Zelten. Sankt Peter vermochte es nicht zu begreifen, weshalb unser Heiland so befriedigt darauf hinblickte, daß seine Augen geradezu vor Freude strahlten. Petrus meinte, noch niemals zuvor so viele harte und schreckliche Gesichter bei einem Zechgelage beisammen gesehen zu haben. Und der Wirt dieser Gasterei, der obenan saß, war der schrecklichste unter allen. Es war ein Mann von etwa fünfunddreißig Jahren, unheimlich groß und ungeschlacht, mit einem glutroten Gesicht, das von Narben und Rissen wie zerfetzt war, er hatte harte Fäuste und eine kräftige, polternde Stimme.«

Hier stockte der Narr einen Augenblick, als fürchte er, noch weiter zu gehen. Raniero und den anderen Rittern machte es jedoch ein großes Vergnügen, so von sich selber reden zu hören, und sie lachten nur über seine Keckheit.

»Du bist ein freches Bürschlein,« rief Raniero ihm zu, »nun laß uns aber hören, worauf das hinauskommen soll!«

Und der Narr sprach weiter: »Endlich redete unser Heiland ein paar Worte, die Sankt Peter aufklärten, worüber er sich so sehr gefreut hatte. Er fragte Sankt Peter, ob er sich irre oder ob es sich wirklich so verhielte, daß einer der Ritter ein brennendes Licht neben sich stehen habe.« Bei diesen Worten zuckte Raniero zusammen. Zornig griff er nach einer schweren Weinkanne, um sie dem Narren ins Gesicht zu schleudern, aber er bezwang sich, um erst zu hören, ob der freche Gauch zur Ehre oder Unehre seines Namens reden würde.

»Sankt Peter gewahrte nun,« erzählte der Narr weiter, »daß jenes Zelt zwar ganz von Fackeln erleuchtet war, daß aber neben einem der Ritter wirklich eine brennende Wachskerze stand. Es war eine hohe, dicke Kerze, die bestimmt war, vierundzwanzig Stunden hintereinander zu brennen. Da der Ritter keinen Leuchter besaß, hatte er, um sie feststehend zu erhalten, eine Menge Steine um sie her aufgehäuft.«

Bei diesen Worten brach die Tischgesellschaft in ein lautes Gelächter aus. Alle wiesen auf eine Kerze hin, die neben Raniero auf dem Tisch stand, und die ganz genau der Beschreibung des Narren entsprach. Doch Raniero stieg das Blut zu Kopfe, denn es handelte sich um die Kerze, die er vor einigen Stunden am heiligen Grabe hatte anzünden dürfen. Er konnte sich nicht entschließen, sie erlöschen zu lassen.

»Als Sankt Peter diese Kerze sah, wußte er allerdings, worüber sich unser Heiland so innig freute, aber er konnte es dennoch nicht lassen, mitleidig über ihn zu lächeln. ›Ach so,‹ sagte er, ›das war jener Ritter, der morgens hinter dem Grafen von Bouillon als erster die Mauer erstieg, und der am Abend vor allen anderen sein Licht am heiligen Grabe anzünden durfte.‹ – ›Ja, so ist es,‹ antwortete unser Heiland, »und wie Du siehst, hat er sein Licht noch brennen.«

Der Narr sprach jetzt sehr schnell, während er von Zeit zu Zeit Raniero lauernd anblickte. »Sankt Peter konnte es noch immer nicht lassen, unseren Heiland ein wenig spöttisch anzulächeln. ›Kannst Du denn nicht begreifen, weshalb er jenes Licht weiterbrennen läßt?‹ fragte er. ›Du glaubst gewiß, daß er an Deine Qualen und an Deinen Tod denkt, wenn er es betrachtet. Aber *der* denkt an gar nichts anderes als an die Ehre, die ihm erwiesen wurde, da man ihn nächst Gottfried von Bouillon als den tapfersten Helden des Heeres anerkannte.‹« Bei diesen Worten lachten alle Gäste Ranieros. Und er bezwang seinen heftig auflodernden Zorn und lachte auch, wußte er doch genau, daß alle es höchst lächerlich finden würden, wenn er nicht auf den Scherz einginge.

»Aber unser Heiland widersprach seinem lieben Sankt Peter und fragte ihn: ›Merkst Du denn nicht, wie besorgt er um die Wachskerze ist? Er schützt die Flamme mit der Hand, sobald jemand den Zeltvorhang lüftet, weil er fürchtet, ein Luftzug könnte sie verlöschen. Und er hat unablässig mit dem Abwehren der Nachtfalter zu tun, die um das Licht schwirren und die Flamme zu ersticken drohen.‹«

Das Gelächter wurde noch ausgelassener, denn der Narr hatte die reine Wahrheit gesagt. Raniero hatte immer größere Mühe, sich zu beherrschen. Er glaubte, es nicht zu ertragen, daß jemand mit der heiligen Lichtflamme seinen Spott trieb.

»Gleichwohl war Sankt Peter mißtrauisch,« fuhr der Narr fort. »Er fragte unseren Heiland, ob er jenen Ritter kenne, und sprach: ›Er ist nicht gerade einer, der häufig zur Messe geht oder den Betschemel sehr abnutzt.‹ Aber unser Heiland ließ sich nicht irre machen und sprach in feierlichem Tone: ›Sankt Peter, Sankt Peter! Denke daran, was ich Dir sage. Jener Ritter wird von nun an frommer werden als Gottfried! Woher sollten Milde und Frömmigkeit auch ausgehen, wenn nicht von meinem Grabe? Du wirst Raniero di Ranieri noch Witwen und bedrängten Gefangenen helfen sehen. Du wirst ihn noch sehen, wie er Kranke und Betrübte pflegen und behüten wird, so wie er eben jetzt die heilige Lichtflamme behütet.«

Ein maßloses Gelächter unterbrach den Narren. Alle, die Ranieros Art und Leben kannten, fanden das alles sehr spaßhaft. Ihm selber jedoch war Scherzen und Lachen vergangen. Er sprang auf und wollte den Narren handgreiflich zurechtweisen. Dabei stieß er so heftig gegen den Tisch – der nichts anderes war als eine auf lose Bücke gelegte Tür – daß dieser wackelte und die Kerze umfiel. Nun aber erwies sich, wieviel Raniero daran lag, das Licht brennend zu erhalten. Er überwand seinen Jähzorn und ließ sich ruhig Zeit, das Licht aufzurichten und die Flamme wieder zu entfachen. Aber als er damit fertig war, war der Narr längst aus dem Zelt geeilt, und Raniero sagte sich, daß es sich nicht der Mühe lohne, ihn im Dunkel der Nacht zu verfolgen. »Ich treffe ihn schon ein andermal,« murrte er und setzte sich nieder.

Die Tischgenossen hatten indessen ihr Gelächter eingestellt, aber einer von ihnen wandte sich an Raniero, um den Scherz fortzusetzen. »Eins steht aber fest, Raniero, diesmal wirft Du der Madonna in Florenz nicht Deine kostbarste Kriegsbeute senden können.«

Raniero fragte ihn, weshalb er wohl, nach seiner Meinung, gerade diesmal seinem alten Brauche nicht treu bleiben sollte. Und der Ritter antwortete:

»Aus dem einen Grunde, weil das kostbarste Gut, das Du diesmal errungen hast, jene Lichtflamme ist, die Du angesichts des ganzen Heeres in der heiligen Grabeskirche entzünden durftest. Und *die* wirst Du doch wohl nicht nach Florenz senden können.«

Und wieder lachten die anderen Ritter, aber Raniero war jetzt in einer solchen Gemütsverfassung, daß er die allerverwegenste Tat hätte vollbringen können, nur um ihrem Gelächter ein Ende zu machen. Kurz entschlossen rief er einen alten Waffenträger herbei und sagte zu ihm: »Rüste Dich zu einer langen Fahrt, Giovanni! Morgen sollst Du mit dieser heiligen Lichtflamme nach Florenz ziehen.«

Aber der Waffenträger setzte diesem Befehl ein festes Nein entgegen und sagte: »Das ist etwas, was ich nicht auf mich nehmen werde. Wie sollte es wohl möglich sein, mit einer Lichtflamme nach Florenz zu reiten? Sie würde erloschen sein, ehe ich noch dieses Lager verlassen hätte.«

Raniero fragte einen seiner Mannen nach dem anderen. Von allen wurde ihm die gleiche Antwort zuteil. Sie schienen seinen Befehl kaum für Ernst zu halten.

Die fremden Ritter, die Ranieros Gäste waren, lachten immer lauter und lustiger, als es sich erwies, daß keiner von seinen Mannen seinen Befehl ausführen wollte.

Raniero geriet in immer größere Erregung. Schließlich verlor er die Geduld und rief aus: »Diese Lichtflamme wird dennoch nach Florenz gebracht werden, und da kein anderer damit hinreiten will, werde ich es selber tun.«

»Bedenke Dich wohl, ehe Du solches gelobst!« rief ein Ritter. »Du verläßt ein Fürstentum.«

»Ich schwöre es Euch, daß ich diese Lichtflamme nach Florenz bringen werde!« rief Raniero. »Ich werde etwas vollbringen, was kein anderer auf sich nehmen wollte.«

Der alte Waffenträger verteidigte sich. »Herr, für Dich ist es ein ander Ding. Du kannst ein großes Gefolge mitnehmen, mich aber wolltest Du allein aussenden.«

Doch Raniero war wie außer sich und überlegte seine Worte nicht mehr. Er sprach: »Auch ich werde allein hinziehen.« Und damit hatte Raniero seinen Zweck erreicht. Alle im Zelt Anwesenden hörten auf zu lachen. Entsetzt saßen sie da und starrten ihn an.

»Warum lacht Ihr nun nicht mehr?« fragte Raniero. »Dieses Vorhaben ist doch nur ein Kinderspiel für einen tapferen Mann.«

3

In der Morgendämmerung des nächsten Tages stieg Raniero zu Pferde. Er war in voller Rüstung, hatte aber einen groben Pilgermantel um die Schultern geworfen, damit der Panzer nicht gar zu sehr von den Sonnenstrahlen durchglüht würde. Er war mit Schwert und Keule bewaffnet und ritt ein gutes Pferd. In der Hand hielt er eine brennende Kerze, und am Sattel hatte er ein mächtiges Bündel langer Wachskerzen befestigt, um die Flamme nicht aus Mangel an Nahrung hinsterben Zu lassen.

Raniero ritt langsam durch die von Zelten dicht besetzte Lagergasse, und alles ging soweit gut. Es war so früh, daß die Nebel, die aus den tiefen Tälern rings um Jerusalem emporstiegen, sich noch nicht zerteilt hatten, und Raniero ritt wie durch eine mattweiße Nacht. Das ganze Lager schlief noch, und Raniero kam leicht an den Wachtposten vorüber. Niemand rief ihn an, denn der dichte Nebel machte ihn unsichtbar, und die fußhohe, dichte Staubschicht ließ nichts von den Hufschlägen des Pferdes vernehmen.

Raniero gelangte bald aus dem Bereich des Lagers und schlug den Weg nach Jaffa ein. Der Weg war hier besser, aber um der Lichtflamme willen ritt er beständig ganz langsam. In dem dichten Nebel brannte die Flamme mit einem rötlichen, zitternden Schein. Fortdauernd schwirrten große Insekten herbei, die sich mit zuckenden Flügelschlägen gerade ins Licht hineinstürzten. Raniero hatte viel Mühe, es zu schützen. Er war aber in bester Stimmung und fand noch immer, daß dieses ganze Unternehmen das reine Kinderspiel sei.

Indessen ermüdete das Pferd durch diesen verlangsamten Ritt und setzte sich in Trab. Sofort begann die Lichtflamme in dem stärkeren Luftzug heftig zu flackern. Es nützte nichts, daß Raniero sie mit Hand und Mantel zu decken suchte. Er merkte, daß sie ganz nahe daran war, zu erlöschen.

Doch hatte er gar keine Lust, die Sache so bald aufzugeben. Er hielt das Pferd an und überlegte eine ganze Weile, was wohl zu tun wäre. Schließlich schwang er sich aus dem Sattel und versuchte rücklings zu reiten, um mit seinem Leibe die Flamme vor Wind und Luftzug schützen zu können. Es gelang ihm auch so, sie brennend zu erhalten, doch überzeugte er sich, daß die Reise beschwerlicher sein würde, als er anfangs geglaubt hatte. Sobald er die Berge, die Jerusalem umgeben, hinter sich gelassen hatte, schwand der Nebel. Er ritt nun durch tiefste Einsamkeit dahin. Es gab dort weder Menschen noch Behausungen, weder grüne Bäume noch Pflanzen, man sah nur kahle Berghöhen.

Auf dem weiteren Wege wurde Raniero von Räubern angefallen. Es war lockeres Gesindel, das unbefugt dem Heere folgte und von Raub und Plünderung lebte. Sie hatten sich hinter einem Berghügel verborgen, und Raniero, der rücklings auf seinem Pferde saß, wurde ihrer erst gewahr, als sie ihn bereits umringt hatten und ihre Schwerter schwangen.

Es waren zwölf Männer. Sie sahen sehr verkommen aus und ritten jämmerliche Klepper. Raniero erkannte sogleich, daß es ihm keinerlei Schwierigkeiten bereiten würde, diese Schar zu durchbrechen und von dünnen zu reiten. Aber er wußte auch, daß dies nur zu bewerkstelligen wäre, wenn er die Kerze von sich würfe. Und er fand doch, daß er nicht so leicht von seinem Vorhaben ablassen konnte, nachdem er in der vergangenen Nacht so stolze Worte gesprochen hatte.

Er sah also keinen anderen Ausweg, als mit den Räubern ein Uebereinkommen zu treffen. Er sagte ihnen, daß sie ihn wohl schwerlich überwältigen würden, falls er sich verteidige, denn er sei stark bewaffnet und reite ein gutes Pferd. Da er aber durch ein Gelübde gebunden sei, wolle er ihnen nicht Widerstand leisten, sondern sie kampflos nehmen lassen, wonach sie gelüstete, nur sollten sie geloben, seine Kerze nicht zu verlöschen. Die Räuber hatten einen harten Kampf erwartet. Sie waren mit Ranieros Vorschlag sehr zufrieden und begannen sofort, ihn auszuplündern. Sie nahmen ihm die Rüstung und das Roß, Waffen und Geld. Nur den groben Mantel und die beiden Kerzenbündel ließen sie ihm. Doch ihr Versprechen, die Lichtflamme nicht zu verlöschen, hatten sie ehrlich gehalten.

Einer von ihnen hatte sich auf Ranieros Pferd geschwungen. Als er merkte, welch ein prächtiges Tier es war, schien er ein wenig Mitleid für den Ritter zu empfinden und rief ihm zu: »Sieh, wir wollen nicht gar zu hart gegen einen Christen verfahren. Du sollst mein altes Pferd zum Weiterreiten bekommen.« Es war eine erbärmliche Kracke, die sich so starr und steif bewegte, als wäre sie aus Holz.

Als die Räuber endlich weggeritten waren und Raniero sich bereit machte, die elende Mähre zu besteigen, sagte er sich: »Diese Lichtflamme muß mich wirklich behext haben. Nur um ihretwillen reite ich jetzt wie ein verrückter Bettler meines Wegs.«

Er fand selber, daß er am klügsten daran täte, umzukehren, weil sein Vorhaben ja doch unausführbar sein würde. Aber ein so sehnsüchtiges Verlangen überkam ihn, es dennoch zu vollbringen, daß er der Lust, es weiter zu versuchen, nicht widerstehen konnte.

Er ritt also seines Weges dahin. Noch immer sah er ringsumher dieselben kahlen, hellgelben Höhen.

Nach einer Weile kam er an einem jungen Hirten vorüber, der vier Ziegen hütete. Als Raniero die Tiere auf dem kahlen Felde weiden sah, fragte er sich, ob sie etwa Erde fräßen.

Jener Hirt hatte wohl einst eine größere Herde besessen, die die Kreuzfahrer ihm geraubt haben mochten. Als er nun einen Christen allein heranreiten sah, suchte er ihm alles erdenkliche Böse anzutun. Er stürzte auf ihn zu und schlug mit seinem Hirtenstabe nach der Kerze.

Raniero war durch die Lichtflamme so behindert, daß er sich nicht einmal gegen den Hirten verteidigen konnte. Er zog nur die Kerze dichter an sich heran, um sie zu schützen. Der Hirt schlug noch einigemal danach, blieb dann aber höchst verwundert stehen und hörte auf, nach der Kerze zu schlagen. Er sah, daß Ranieros Mantel in Brand geraten war, ohne daß dieser etwas tat, das Feuer zu ersticken, solange die Lichtflamme in Gefahr schwebte. Da schien der Hirt sich seiner Tat zu schämen. Lange folgte er Raniero nach, und an einer Stelle, wo der Weg sehr schmal war und sich zwischen zwei Abgründen hinzog, trat er hinzu und führte das Pferd am Zügel.

Raniero dachte lächelnd, daß der Hirt ihn sicher für einen heiligen Mann halte, der Buße tue.

Gegen Abend traf Raniero auf seinem Wege viele Menschen. Es hatte sich nämlich bereits in der Nacht an der Küste entlang das Gerücht von Jerusalems Fall verbreitet, und gar viele Leute hatten sich sofort angeschickt, hinauf zu wandern. Es waren Pilger, die schon jahrelang die Gelegenheit erharrt hatten, nach Jerusalem zu gelangen, und es waren frischgelandete Truppen und vor allem waren darunter Kaufleute, die mit ganzen Fuhren von Lebensmitteln dorthin eilten.

Als diese Scharen Raniero begegneten, der rücklings, mit einer brennenden Kerze in der Hand, angeritten kam, riefen sie: »Ein Wahnsinniger, ein Wahnsinniger!«

Die meisten dieser Leute waren Italiener, und Raniero vernahm es, wie sie in seiner eigenen Muttersprache riefen: *Pazzo, pazzo!* was bedeutet: ein Verrückter, ein Verrückter!

Raniero, der sich den ganzen Tag über so gut im Zaum zu halten gewußt hatte, wurde durch diese ständig wiederkehrenden Rufe heftig erregt. Er schwang sich plötzlich aus dem Sattel und begann mit seinen harten Fäusten die Rufer zu züchtigen. Als die Leute aber merkten, wie schwer die fallenden Schläge waren, da entstand eine allgemeine Flucht, und bald stand er ganz allein auf der Landstraße.

Nun kam er wieder zur Besinnung. »Sie hatten wahrhaftig recht, als sie Dich einen Verrückten nannten, sagte Raniero, indem er sich nach der Kerze umschaute, ohne zu wissen, was er damit angefangen hatte. Endlich sah er, daß sie vom Wege in einen Graben hinabgekollert war. Die Flamme war erloschen, aber er sah in einem dürren Grasbüschel dicht daneben Feuer glimmen und erkannte sofort, daß das Glück ihm hold sei, denn nur die Kerze konnte vor ihrem Erlöschen das Gras in Brand gesteckt haben.

»Das hätte einen erbärmlichen Abschluß nach soviel Mühe geben können,« meinte er, während er die Kerze an ihrem eigenen Feuer entzündete und wieder sein Pferd bestieg. Er war tief gedemütigt, und es schien ihm jetzt nicht mehr recht glaublich, daß seine Pilgerfahrt ihm gelingen würde.

Gegen Abend kam Raniero nach Ramle und suchte dort eine Herberge auf, in der die Karawanen zu übernachten pflegten. Es war ein großer, gedeckter Hof. Rings um ihn zogen sich kleine Holzverschläge hin, wo die Reisenden ihre Pferde einstellen konnten. Stuben gab es dort nicht, sondern die Menschen mußten neben ihren Tieren schlafen.

Es war schon alles überfüllt, aber der Wirt schaffte trotzdem noch Platz für Raniero und sein Pferd. Er brachte auch Futter für das Tier und Essen für den Ritter.

Als Raniero sich so gut behandelt fand, sagte er sich: »Ich möchte fast glauben, daß die Räuber mir einen Gefallen damit getan haben, als sie mir meine Rüstung und mein Pferd abnahmen. Sicher komme ich mit meiner Bürde leichter durchs Land, wenn man mich für wahnsinnig hält.«

Als Raniero sein Pferd in den Stand geführt hatte, setzte er sich auf ein Bund Stroh und behielt die Kerze in den Händen. Er hatte die Absicht, nicht einzuschlafen, sondern sich die ganze Nacht wach zu halten.

Aber kaum hatte er sich niedergesetzt, als er auch schon einschlummerte. In seiner schrecklichen Uebermüdung streckte er sich im Schlaf der Länge nach aus und schlief bis zum Morgen.

Als er erwachte, sah er weder die Lichtflamme noch die Kerze. Er durchsuchte das Stroh, fand sie aber nirgends und sagte sich: »Irgend jemand wird sie mir abgenommen und verlöscht haben.«

Und er wollte sich selber glauben machen, daß er froh sei, weil nun alles aus und vorbei wäre und er ein an sich unmögliches Vorhaben nun endlich aufgeben mußte.

Aber bei diesem Gedanken empfand er zugleich eine gewisse Leere und eine tiefe Sehnsucht.

Er glaubte, noch niemals ein stärkeres Verlangen nach dem Gelingen eines Unternehmens gehabt zu haben als eben jetzt.

Er führte sein Pferd hinaus, striegelte es und legte ihm den Sattel an.

Als er fertig war, kam der Wirt der Karawanserei mit einer brennenden Kerze auf ihn zu und sagte in fränkischer Mundart: »Ich mußte Dir gestern Dein Licht aus der Hand nehmen, weil Du fest eingeschlafen warst, aber hier gebe ich es Dir zurück.«

Raniero ließ ihn nichts von seinen Empfindungen merken, sondern sagte ganz ruhig: »Du hast klug daran getan, das Licht auszulöschen.«

»Ich habe es nicht ausgelöscht,« sagte der Mann. »Ich sah, daß Du es brennend herbrachtest, und so dachte ich, es könnte für Dich Gewicht haben, daß es weiter brenne. Wenn Du siehst, wieviel kürzer es geworden ist, wirst Du erkennen, daß es die ganze Nacht durch gebrannt hat.«

Raniero strahlte vor Freude. Er belobte den Wirt recht herzlich und ritt in bester Stimmung weiter.

4

Als Raniero von Jerusalem aufbrach, beabsichtigte er, den Seeweg von Jaffa nach Italien zu nehmen. Er änderte jedoch diesen Beschluß, nachdem die Räuber ihn seines Geldes beraubt hatten, und wählte den Weg über Land.

Es war eine lange Reise. Von Jaffa nordwärts zog er an der syrischen Küste entlang. Dann ging die Reise nach Westen, längs der Halbinsel von Kleinasien. Und wieder ging es nördlich nach Konstantinopel hinauf. Von dort hatte er noch eine reichlich lange Strecke bis nach Florenz zurückzulegen. Während dieser ganzen Zeit lebte Raniero von milden Gaben.

Zumeist waren es Pilger, die nun in Massen nach Jerusalem strömten, die ihr kärgliches Brot mit ihm teilten. Obwohl Raniero oft ganz allein ritt, wurde ihm niemals die Zeit lang, auch verstrichen seine Tage nicht einförmig. Er mußte stets die Lichtflamme schützen, die ihn nie sorglos sein ließ. Nur eines Windstoßes oder eines Regentropfens bedurfte es ja, und es wäre aus und vorbei mit ihr gewesen.

Während Raniero auf einsamen Wegen ritt und nur daran dachte, die Lichtflamme am Leben zu erhalten, fiel ihm plötzlich ein, daß er schon früher einmal etwas Aehnliches beobachtet haben müsse. Er hatte einst einen Menschen über etwas wachen sehen, was ebenso schonungsbedürftig war wie eine Lichtflamme. Das Ganze stand ihm vorerst so unklar vor Augen, daß er sich fragte, ob er es vielleicht nur geträumt hätte. Aber während er einsam durch das Land zog, kam ihm unablässig der Gedanke wieder, daß er bereits früher einmal Aehnliches beobachtet haben müsse.

»Es ist, als hätte ich Zeit meines Lebens von gar nichts anderem reden hören,« sagte er.

Eines Abends ritt Raniero in eine Stadt hinein. Es war Feierabend, und die Frauen standen in den Türen und schauten nach ihren Männern aus. Eine unter ihnen war hochgewachsen und schlank, sie hatte tiefernste Augen. Bei ihrem Anblick dachte er an Francesca degli Uberti.

Und nun wurde ihm plötzlich klar, worüber er vorher nachgegrübelt hatte. Er mußte daran denken, daß Francescas Liebe sicherlich einer Lichtflamme geglichen hatte, die sie stets brennend erhalten wollte, in steter Furcht, daß Raniero sie in ihrem Herzen auslöschen könnte. Er wunderte sich selber über diesen Gedanken, war aber mehr und mehr davon durchdrungen, daß es sich ganz so verhielt. Und er begann zum erstenmal zu begreifen, weshalb Francesca ihn verlassen hatte, und daß Waffenruhm sie ihm nicht wiederzugewinnen vermochte.

*

Die Reise Ranieros ging nur sehr langsam vonstatten. Und nicht zum wenigsten deshalb, weil er sie bei jedem ungünstigen Wetter unterbrechen mußte. Er saß dann in irgend einer Karawanserei und bewachte die Lichtflamme, das waren sehr schwere Tage.

Als nun Raniero eines Tages über den Libanon ritt, merkte er plötzlich, daß ein Unwetter im Anzug war. Er befand sich hoch oben zwischen und über gefährlichen Schluchten und Abgründen, weit entfernt von allen menschlichen Behausungen. Endlich gewahrte er auf einem Felsenvorsprung ein sarazenisches Heiligengrab. Es war ein kleiner, viereckiger Steinbau mit einem gewölbten Dach. Er hielt es für das beste, dort Zuflucht zu suchen.

Kaum war Raniero eingetreten, als ein Schneesturm losbrach, der zwei Tage raste. Zugleich wurde es so entsetzlich kalt, daß er fast erfroren wäre.

Raniero wußte zwar, daß es draußen auf dem Berge Zweige und Reisig im Ueberfluß gab, so daß es ihm nicht schwer geworden wäre, Brennholz genug für ein tüchtiges Feuer zu sammeln. Er betrachtete jedoch die Lichtflamme, die er trug, als so heilig, daß er nichts anderes damit anzünden wollte als die Kerzen vor dem Altar der heiligen Jungfrau.

Das Unwetter wurde immer heftiger, und schließlich kam ein wütendes Gewitter mit Blitz und Donner.

Und ein Blitzstrahl schlug dicht vor dem Grabe ein und zündete einen Baum. Und dadurch hatte Raniero Feuer für seinen Holzstoß, ohne daß er die heilige Flamme antasten mußte.

*

Als Raniero dann später durch einen verödeten Teil der Berggegend von Cilicien ritt, ging es mit seinen Kerzen zur Neige. Der Vorrat, den er aus Jerusalem mitgenommen hatte, war längst verbraucht. Er war aber nicht in Verlegenheit geraten, weil er bisher noch immer an christlichen Gemeinden vorbeigekommen war, von denen er sich neue Kerzen erbetteln konnte.

Doch nun war es mit seinem ganzen Vorrat aus, und er fürchtete, seine Pilgerfahrt müsse ein vorzeitiges Ende nehmen.

Als die Kerze so tief heruntergebrannt war, daß die Flamme ihm beinahe seine Hand versengte, sprang er vom Pferde herab, sammelte Zweige und verdorrtes Gras und entzündete dies mit dem brennenden Kerzenstümpfchen. Aber es gab nicht viel Brennbares auf dem öden Berge, und das Feuer schien bald zu verlöschen.

Indessen Raniero sich noch darüber grämte, daß die heilige Flamme nun doch hinsterben solle, vernahm er vom Wege her frommen Gesang und sah, daß eine Prozession von Wallfahrern, mit Kerzen in den Händen, den Berg erstieg. Sie waren auf dem Wege zu einer Felsenhöhle, in der ein heiliger Mann gelebt hatte, und Raniero schloß sich ihnen an. Es war auch eine Greisin unter ihnen, der das Gehen recht schwer wurde. Dieser half Raniero, indem er sie bergan schleppte.

Als sie ihm dankte, bat er sie durch Zeichen um ihre Kerze, die sie ihm alsogleich gab, woraus auch noch mehrere andere ihm die Kerzen schenkten, die sie in ihren Händen trugen.

Schnell löschte er alle aus, eilte den Pfad hinab und entzündete eine der Kerzen an der letzten Glut des Feuers, das durch die heilige Flamme entstanden war.

*

Eines Tages war es um die Mittagsstunde sehr heiß geworden, und Raniero hatte sich im dichten Gebüsch zum Schlafen niedergelegt. Er war fest eingeschlafen, und seine brennende Kerze stand zwischen mehreren Steinen neben ihm. Bald nachdem er eingeschlummert war, begann es zu regnen, und es dauerte ziemlich lange, bis er erwachte. Als er endlich aus dem Schlaf emporfuhr, war der Boden ringsumher naß, und er wagte kaum, nach der Kerze hinzublicken, aus Furcht, daß sie erloschen sein könnte.

Aber sie brannte still und gleichmäßig im Regen, und Raniero erkannte auch bald den Grund dieser Erscheinung: Zwei kleine Vöglein flogen flatternd über der Flamme hin und her. Sie schnäbelten sich und hielten ihre kleinen Schwingen ausgebreitet, wodurch sie die Lichtflamme vor dem Regen schützten.

Raniero nahm sofort seine Kappe ab und hängte sie über die Kerze. Dann streckte er die Hand nach den kleinen Vögeln aus, weil er sie gern streicheln wollte. Und sie flogen nicht fort, sondern ließen sich ruhig von ihm haschen.

Raniero war sehr verwundert, daß die Tierchen keine Furcht vor ihm hatten, und er sagte sich: »Es rührt daher, daß sie wissen, wie ich nunmehr keinen anderen Gedanken habe, als das zu schützen, was das am meisten Verletzliche ist, und deshalb ängstigen sie sich nicht vor mir.«

*

Raniero kam auf seinem Ritt in die Nähe von Nicäa. Dort begegnete er einigen Rittern aus dem Abendlande, die ein neues Hilfsheer nach dem heiligen Lande führten. Unter ihnen befand sich Robert Taillefer, der ein Troubadour war und als wandernder Ritter die Welt durchzog.

Als Raniero in seinem zerschlissenen Pilgermantel, mit der Kerze in seiner Hand, dahergeritten kam, riefen die Kriegsleute, wie gewöhnlich alle, die ihm begegneten: »Ein Wahnsinniger, ein Wahnsinniger!« Doch Robert Taillefer gebot ihnen Schweigen und fragte den Reiter:

»Bist Du solchermaßen weit hergezogen?«

Und Raniero antwortete: »So wie Du mich hier siehst, reite ich von Jerusalem daher.«

»Und ist auf diesem lange Wege Deine Kerze nicht oftmals erloschen?«

»An meiner Kerze brennt noch dieselbe Flamme, die in Jerusalem entzündet ward,« antwortete Raniero.

Da sprach Robert Taillefer zu ihm: »Auch ich bin einer von jenen, die eine Flamme tragen, und ich möchte sie ewig brennend erhalten. Vielleicht vermagst Du, der seine Kerze brennend von Jerusalem bis hierher getragen hat, mir zu künden, was ich tun muß, auf daß sie nimmer erlösche.«

Und Raniero erwiderte: »Herr, das ist ein gar mühselig Tun, wiewohl es geringfügig erscheinen mag. Ich möchte Euch nie und nimmer zu solch einem Beginnen zureden, denn diese kleine Flamme fordert von Euch, daß Ihr gänzlich unterlasset, an irgend etwas anderes zu denken. Sie gestattet Euch nicht, eine Herzliebste zu haben, so Ihr danach Verlangen traget, auch dürfet Ihr um der Flamme willen nimmer wagen, an einem Trinkgelage teilzunehmen. Ihr dürfet an nichts anderes denken als an diese Flamme, und keine andere Freude darf Euch erfüllen. Aber warum ich Euch am allermeisten widerrate, die gleiche Pilgerfahrt zu unternehmen, die ich jetzt versucht habe, das ist der Gedanke an das Gefühl der beständigen Unsicherheit. Wie vielen Gefahren Ihr auch die Flamme entrissen haben möget, so könntet Ihr Euch doch keinen Augenblick sicher wähnen, sondern müßtet in steter Angst schweben, daß der nächste Augenblick Euch dennoch ihrer berauben könnte.«

Doch Robert Taillefer hob stolz sein Haupt und entgegnete ihm: »Was Du für *Deine* Lichtflamme getan hast, das werde auch ich für die *meine* zu tun vermögen.«

*

Raniero war nach Italien gekommen. Er ritt eines Tages über einsame Gebirgspfade hin. Da eilte plötzlich ein Weib auf ihn zu und bat ihn um Feuer von seiner Kerze. »Unser Feuer ist erloschen, meine Kinder hungern. Leihe mir Dein Licht, auf daß ich die Flammen auf meinem Herde entzünden kann, um Brot für sie zu backen!«

Sie streckte die Hand nach der Kerze aus, aber Raniero gab sie ihr nicht, weil er nicht wollte, daß jene Flamme etwas anderes entzünden sollte als die Kerzen vor dem Bildnis der heiligen Jungfrau.

Doch das Weib sprach zu ihm: »Gib mir Feuer, Pilger, denn das Leben meiner Kinder ist die Flamme, die ich brennend erhalten muß!« Und um dieser Worte willen ließ Raniero sie den Docht in ihrer Lampe an seiner Flamme entzünden.

Einige Stunden später ritt Raniero in ein Dorf. Es lag hoch im Gebirge, so daß dort bittere Kälte herrschte. Ein junger Bauer stand am Wege und betrachtete den armen Reiter in seinem zerschlissenen Pilgermantel. Rasch zog er seinen kurzen Mantel aus und warf ihn jenem Armen zu. Aber der Mantel fiel gerade auf das Licht und verlöschte die Flamme.

Da gedachte Raniero jenes Weibes, das Feuer von ihm entliehen hatte. Er ritt zu ihr zurück und entzündete seine Kerze an dem heiligen Feuer.

Als er weiterreiten wollte, sprach er zu ihr: »Du sagtest, daß die Lichtflamme, die in Deiner Obhut steht, das Leben Deiner Kinder sei. Kannst Du mir nun auch den Namen der Lichtflamme nennen, die ich auf langen Wegen hergetragen habe?«

»Wo wurde Deine Lichtflamme entzündet?« fragte das Weib. Und Raniero antwortete: »Sie wurde an Christi Grab entzündet.«

»Dann kann ihr Name wohl nur Milde und Menschenliebe sein,« erwiderte sie.

Raniero lachte über diese Antwort, denn es dünkte ihn gar zu absonderlich, daß gerade er als Apostel und Träger solcher Tugenden gelten sollte.

*

Raniero ritt zwischen lieblichen, blauschimmernden Hügelketten dahin. Er merkte, daß er in der Nähe von Florenz war.

Da kam ihm der Gedanke, daß er nun bald von seiner Lichtflamme befreit sein würde. Er gedachte seines Zeltes in Jerusalem, das er voller Kriegsbeute zurückgelassen hatte, und an die tapferen Krieger, die noch immer in Palästina waren, und die sich freuen würden, wenn er wiederum das Kriegshandwerk aufnehmen und sie zu Siegen und Eroberungen führen würde.

Da merkte Raniero, daß er bei diesen Vorstellungen nicht die mindeste Freude empfand, sondern daß seine Gedanken eine ganz andere Richtung einschlugen.

Und er erkannte zum erstenmal, daß er nicht mehr derselbe Mann war, als welcher er Jerusalem verlassen hatte. Denn jener Ritt mit der Lichtflamme hatte ihn gelehrt, sich an all denen zu freuen, die friedfertig, klug und barmherzig waren, und die Wilden und Streitsüchtigen zu verabscheuen.

Er ward frohen Mutes, so oft er an Menschen dachte, die friedlich in ihrem Heim schafften, und plötzlich überkam ihn das Verlangen, wieder in seine einstige Werkstatt einzuziehn, um dort schöne, kunstvolle Arbeiten zu vollenden.

»Wahrhaftig! Diese Flamme hat mich gänzlich verwandelt,« sagte er sich. »Ich glaube, sie hat mich zu einem anderen Menschen gemacht.«

5

Zur Osterzeit ritt Raniero in Florenz ein. Rücklings auf dem Pferde sitzend, die Kapuze tief über das Gesicht herabgezogen und die brennende Kerze in der Hand haltend, war er kaum durch das Stadttor geritten, als auch schon ein Bettler aufsprang und das gewohnte: »*Pazzo, pazzo!*« rief.

Auf diesen Ruf stürzte sogleich ein Straßenjunge aus einem Torweg herbei, und ein Tagedieb, der schon lange nichts anderes zu tun gehabt hatte, als am Boden zu liegen und in den Himmel zu starren, sprang auf und rief mit den anderen beiden:

»*Pazzo, pazzo!*«

Da nun ihrer drei schrien, genügte der Lärm, um sämtliche Straßenjungen auf die Beine zu bringen. Diese kamen denn auch aus allen Ecken und Winkeln herbeigerannt, und sobald sie Raniero in seinem zerschlissenen Pilgermantel auf seiner erbärmlichen Mähre erblickten, riefen sie: »*Pazzo, pazzo!*«

Doch an diesen Ruf war Raniero nun schon lange gewöhnt. Er ritt ruhig durch die Straßen, ohne der Rufenden sonderlich zu achten.

Sie aber begnügten sich nicht damit, zu rufen, sondern einer von ihnen sprang empor und wollte die Kerze ausblasen.

Raniero erhob die Hand mit der Kerze und suchte gleichzeitig sein Pferd anzutreiben, um der Bande zu entkommen.

Sie aber hielten gleichen Schritt mit ihm und taten, was sie nur vermochten, um die Kerze auszulöschen.

Je mehr Raniero sich bemühte, die Flamme zu schützen, desto hitziger wurden sie. Sie sprangen einander auf den Rücken, pusteten ihre Backen auf und bliesen mit aller Kraft. Sie warfen ihre Mützen nach der Kerze. Einzig und allein weil ihrer so viele waren, die sich gegenseitig hin und her drängten, gelang es ihnen nicht, die Lichtflamme zu verlöschen.

Ein tolles Treiben herrschte auf der ganzen Straße. In den Fenstern lagen lachende Menschen als Zuschauer. Niemand empfand Mitleid für den Wahnsinnigen, der seine Lichtflamme schützen wollte. Es war Kirchzeit, und viele Kirchenbesucher begaben sich zur Messe. Auch diese blieben stehen und schauten lachend dem Spiel zu.

Raniero stand nun aufrecht im Sattel, um die Kerze zu schützen. Er sah verwildert aus. Die Kapuze war herabgeglitten, und man sah sein Antlitz, das abgezehrt und bleich wie das eines Märtyrers war. Die Kerze hatte er emporgehoben, so hoch er es vermochte.

Die ganze Straße war ein einziges wüstes Gewimmel. Auch die älteren Leute begannen an dem Spiel teilzunehmen. Die Weiber wehten mit ihren Kopftüchern, und die Männer schwangen ihre Baretts. Alle bemühten sich, die Kerze auszulöschen.

Raniero ritt an einem Hause vorüber, das einen Balkon aufwies. Dort stand eine Frau. Sie neigte sich über das Geländer, entriß ihm die Kerze und eilte damit in ihre Zimmer.

Die ganze Menschenmenge brach in schallendes Gelächter und in Jubelrufe aus, Raniero aber wankte im Sattel und stürzte zu Boden.

Als er nun zerschlagen und ohnmächtig dalag, zog sich die ganze Volksmenge sogleich zurück.

Niemand wollte sich des Ohnmächtigen annehmen. Nur sein Pferd blieb neben ihm stehen.

Sobald die Straße menschenleer war, trat Francesca degli Uberti, mit einer brennenden Kerze in der Hand, aus ihrem Hause. Sie war noch immer schön, ihre Züge hatten einen sanften Ausdruck, und ihre Augen waren ernst und tief.

Sie trat auf Raniero zu und neigte sich über ihn. Er lag bewußtlos da, aber sobald der Lichtschein sein Gesicht traf, bewegte er sich und fuhr empor. Es war, als stehe er gänzlich im Bann dieser Lichtflamme. Da Francesca sah, daß er wieder bei Bewußtsein war, sprach sie: »Hier hast Du Deine Kerze. Ich habe sie Dir entrissen, weil ich erkannte, wie sehr Dir daran lag, sie brennend zu erhalten. Ich wußte nicht, wie ich Dir auf andere Weise helfen sollte.«

Raniero hatte sich bei dem Sturz vom Pferde übel zerschlagen und zerschunden. Doch nun konnte ihn nichts mehr zurückhalten. Er richtete sich langsam auf. Er wollte gehen, schwankte jedoch und wäre fast hingestürzt. Da versuchte er sein Pferd zu besteigen. Francesca half ihm dabei. »Wohin willst Du reiten?« fragte sie, als er wieder im Sattel saß. »Ich will zur Domkirche,« antwortete er. »Dann will ich Dich geleiten, denn ich will zur Messe gehen,« sprach sie, faßte den Zügel und führte das Pferd durch die Straßen.

Francesca hatte Raniero sofort, wiedererkannt. Er aber sah nicht, wer sie war, denn er nahm sich nicht Zeit und Muße, sie zu betrachten. Er blickte nur unablässig auf die Lichtflamme hin.

Auf dem ganzen Wege schwiegen sie. Raniero dachte nur an seine Lichtflamme und wie er sie wohl in diesen letzten Augenblicken sicher behüten könnte. Francesca aber konnte kein Wort hervorbringen, weil sie innerlich fühlte, daß sie keinen klaren Bescheid über das haben wollte, was sie fürchtete. Sie konnte nur annehmen, daß Raniero als Wahnsinniger heimgekehrt sei. Doch obwohl sie fast überzeugt davon war, mochte sie doch lieber nicht mit ihm reden, um nicht die volle Bestätigung dessen zu erlangen.

Nach einer Weile hörte Raniero ein Schluchzen neben sich. Er blickte zur Seite und erkannte Francesca degli Uberti, die weinend neben ihm herschritt. Aber Raniero sah sie nur einen Augenblick an und sprach kein Wort zu ihr. Er wollte einzig und allein an die Lichtflamme denken.

Er ließ sich zur Sakristei hinführen. Dort stieg er vom Pferde und dankte Francesca für ihre Hilfe, blickte sie aber noch immer nicht an, sondern schaute nur auf die Lichtflamme hin. Dann betrat er ganz allein die Sakristei und suchte die Priester auf.

Francesca ging in die Kirche. Es war am Karfreitag der Osterwoche, und zum Zeichen der Trauer standen noch alle Kerzen unangezündet auf den Altären. Francesca fühlte, daß jede Flamme der Hoffnung, die in ihr gebrannt hatte, nun auch erloschen sei.

In der Kirche herrschte eine sehr feierliche Stimmung. Viele Priester standen vor den Altären. Im Chore saßen zahlreiche Domherren, an ihrer Spitze der Bischof.

Nach einer Weile merkte Francesco, daß eine gewisse Erregung unter den Priestern entstand. Fast alle, die nicht bei der Messe beteiligt waren, erhoben sich und schritten in die Sakristei. Schließlich folgte ihnen der Bischof.

Als die Messe zu Ende war, betrat einer der Priester den Chor und redete zur Gemeinde. Er berichtete, daß Raniero di Ranieri aus Jerusalem heiliges Feuer nach Florenz gebracht hätte. Er erzählte, was der Ritter unterwegs erduldet und gelitten hatte. Und er pries ihn über alle Maßen.

Staunend lauschte die ganze Gemeinde seinen Worten. Francesca hatte niemals eine so glückselige Stunde erlebt. »O Gott, dies ist mehr Glück, als ich zu ertragen vermag,« flüsterte sie mit einem Seufzer.

Der Priester sprach lange und begeistert. Zuletzt rief er mit mächtiger Stimme: »Nun könnte es Euch zwar als etwas Geringfügiges erscheinen, daß eine Lichtflamme hier nach Florenz gebracht worden ist. Aber ich sage Euch: Betet zu Gott, daß er Florenz viele Träger des ewigen Feuers schenken möge, dann wird unsere Stadt zu großer Macht gelangen und die gebenedeiteste unter allen Städten werden!«

Als der Priester seine Rede beendet hatte, wurden die Hauptportale der Domkirche weit geöffnet, und eine Prozession, so gut sie in der Eile geordnet werden konnte, hielt ihren Einzug. Domherren, Mönche und Priester schritten durch den Mittelgang auf den Hauptaltar zu. Ganz zuletzt kam der Bischof, und an seiner Seite befand sich Raniero in demselben Mantel, den er auf der ganzen Pilgerfahrt getragen hatte.

Als Raniero jedoch über die Kirchenschwelle trat, erhob sich ein Greis und schritt ihm entgegen. Es war Oddo, der Vater jenes armen Gesellen aus Ranieros Werkstatt, der sich um seinetwillen erhängt hatte.

Als dieser Mann vor dem Bischof und vor Raniero stand, neigte er sich vor ihnen beiden und sprach mit so erhobener Stimme, daß alle in der Kirche es vernehmen konnten: »Es ist ein herrlich Ding für Florenz, daß Raniero mit heiligem Feuer von Jerusalem gekommen ist. Dergleichen ist niemals zuvor berichtet oder vernommen worden. Vielleicht könnten deshalb auch manche aufstehen und sagen, daß es nicht möglich sei. Darum bitte ich, der ganzen Gemeinde kundzutun, welche Beweise und Zeugen Raniero mitgebracht hat, die es glaubhaft machen können, daß dieses Feuer in Wahrheit zu Jerusalem entzündet worden ist.«

Da Raniero diese Worte vernahm, sprach er: »Nun helfe mir Gott! Wie könnte ich wohl Zeugen beibringen? Ich habe die Pilgerfahrt allein unternommen. Da müßten Wüsten und Einöden kommen, um für mich Zeugnis abzulegen.«

»Raniero ist ein ehrenfester Ritter,« sprach der Bischof, »und wir glauben ihm auf sein Wort.«

»Raniero konnte wohl selber vermuten, daß hierüber Zweifel entstehen würden,« entgegnete Oddo. »Er wird daher auch nicht ganz allein geritten sein. Da werden ja seine jungen Knappen für ihn zeugen können.«

Da eilte Francesca degli Uberti aus der Volksmenge auf ihn zu und rief: »Wozu bedürfen wir der Zeugen? Alle Frauen von Florenz wollen einen Eid ablegen, daß Raniero die Wahrheit spricht.«

Raniero lächelte und sein Antlitz strahlte für einen Augenblick. Aber dann wandte er seine Blicke und seine Gedanken wieder der Lichtflamme zu.

Es entstand nun ein großer Tumult in der Kirche. Einige sagten, Raniero dürfe die Kerzen auf dem Altar nicht entzünden, ehe seine Sache erwiesen sei. Zu diesen Widersachern gesellten sich viele seiner ehemaligen Feinde.

Da erhob sich Jacopo degli Uberti und sprach zugunsten Ranieros:

»Ich denke, hier wissen wohl alle, daß nicht allzu große Freundschaft zwischen mir und meinem Eidam geherrscht hat, jetzt aber wollen wir – sowohl ich als auch meine Söhne – uns für ihn verbürgen. Wir glauben ihm, daß er diese Großtat vollbracht hat, und wir begreifen, daß jemand, der es vermocht hat, ein solches Vorhaben bis zum Ende durchzuführen, ein kluger, bedächtiger und edelgesinnter Mann sein muß. Wir werden ihn demnach mit Freuden in unserer Mitte aufnehmen.«

Aber Oddo und viele andere waren nicht gesonnen, Raniero das heißerstrebte Glück zu vergönnen. Sie sammelten sich zu einem dichten Haufen, und es war leicht zu erkennen, daß sie ihre Forderung nicht aufgeben würden.

Raniero begriff, daß sie, falls nun ein Kampf entstände, vor allem seine Lichtflamme gefährden würden. Während er die Augen beständig auf seine Widersacher geheftet hielt, hob er die Kerze so hoch empor, wie er es nur vermochte.

Er sah todesmatt und verzweifelt aus. Man merkte ihm an, daß er doch nur eine Niederlage erwartete, obwohl er möglichst auszuharren gedachte. Was konnte es ihm nun frommen, wenn er die Flamme entzünden durfte? Oddos Worte hatten ihm den Todesstreich versetzt. Wenn der Zweifel einmal erweckt war, so würde er sich auch verbreiten und verstärken. Ihm war es, als habe Oddo bereits für immer seine Lichtflamme ausgelöscht.

Ein kleiner Vogel flatterte durch die großen offenen Portale in die Kirche hinein. Er flog just auf Ranieros Kerze zu, der sie nicht schnell genug zurückziehen konnte. Der Vogel stieß dagegen und verlöschte die Flamme.

Ranieros Arm sank herab, und Tränen traten in seine Augen. Aber im ersten Augenblick empfand er dennoch eine gewisse Erleichterung. Es war besser, als daß Menschen diese Flamme vernichtet hätten.

Der kleine Vogel setzte seinen Flug innerhalb der Kirche fort, er flatterte verwirrt hin und her, wie Vögel zu tun pflegen, wenn sie in einen geschlossenen Raum geraten.

Plötzlich durchbrauste ein lauter Ruf die ganze Kirche: »Der Vogel brennt! Die heilige Lichtflamme hat seine Flügel entzündet!«

Der kleine Vogel piepste ängstlich. Er flog wenige Augenblicke wie eine flatternde Flamme unter dem hohen Chorgewölbe umher. Dann sank er schnell herab und fiel tot auf dem Altar der Madonna nieder.

Aber in demselben Augenblick stand Raniero vor dem Altar. Er hatte sich einen Weg durch die Menge der Kirchenbesucher gebahnt, nichts hatte ihn aufhalten können. Und an den Flammen, die des Vogels Schwingen verzehrten, entzündete er die Kerzen vor dem Altar der Madonna.

Da erhob der Bischof seinen Stab und rief: »Gott wollte es! Gott hat für ihn gezeugt!«

Und alles Volk in der Kirche, sowohl seine Freunde als auch seine Widersacher, vergaßen ihre Zweifel und ihr Staunen. Von diesem Gotteswunder begeistert, riefen sie: »Gott wollte es! Gott hat für ihn gezeugt!«

*

Von Raniero bleibt nur noch zu berichten, daß er fortan sein Leben lang viel Glück und Ansehen genoß. Er war klug, bedächtig und barmherzig. Aber das Volk in Florenz nannte ihn allzeit Pazzo di Raniero, zur Erinnerung daran, daß man ihn für verrückt gehalten hatte. Und dies wurde für ihn ein Ehrentitel. Er wurde der Stammvater eines Adelsgeschlechts, das den Namen Pazzo annahm und sich noch bis auf den heutigen Tag also nennt.

Des weiteren wäre noch zu erwähnen, daß es in Florenz Sitte wurde, alljährlich am Karfreitag ein Fest zu feiern, das der Erinnerung an Ranieros Heimkehr mit dem heiligen Feuer geweiht ist, und bei dem man stets einen künstlichen Vogel brennend durch den Dom fliegen läßt. Auch in diesem Jahr wird man das Fest sicherlich auf diese Weise gefeiert haben, falls nicht neuerdings eine Aenderung eingetreten ist.

Aber ob es wahr ist – wie viele annehmen –, daß die Träger heiligen Feuers, die in Florenz gelebt und diese Stadt zu einer der herrlichsten auf Erden gemacht haben, sich Raniero zum Vorbild wählten und dadurch den Mut fanden, sich aufzuopfern, zu leiden und auszuharren, darüber wollen wir schweigen.

Denn welche Wirkungen von jenem Licht hervorgebracht worden sind, das in dunklen Zeiten von Jerusalem ausgegangen ist, das läßt sich weder messen noch zählen.

Made in the USA
Monee, IL
07 July 2026

56552356R00059